十年
THE DECADE
我们的故事

每个人都是那个时代的缩影

刘莉莉　钟倩　等 ◎ 编著

 湖南人民出版社·长沙

推荐序 1
特别的十年

时间就是生命，时间就是一切。没有时间，一切无从谈起。有了时间，一切皆有可能。大千世界，人生万事，都在历经时间的洗礼。

《十年：我们的故事》，写的是十年时光，峥嵘岁月，中国发展。在时间的长河里，十年是一个瞬间；在中国的发展中，十年是一个时代。从2012到2022，一个特别的十年，一个值得书写的时代。

这十年，中国消除贫困，实现全面小康。2021年，中国共产党成立100周年之际，习近平总书记代表党和人民庄严宣告，经过全党全国各族人民持续奋斗，我们实现了第一个百年奋斗目标，在中华大地上全面建成小康社会，历史性地解决了绝对贫困问题。

这本书，群星闪亮，榜样励志。谢晓亮，赴美求学成就卓著，受聘哈佛大学终身教授，因为心中装着祖国，2018年回到北京大学任教。范勇，来自河南的农民工，为首都的城市建设，挥洒汗水十三年，赢得了荣誉，改变了命运。樊锦诗，从未名湖到莫高窟，把人生献给沙漠，为的是敦煌重生。蒋维明，从事藏茶研究的民间制茶人，2012年来到曾被汶川地震破坏的映秀镇，复原茶马古道上的西路边茶，把当地百姓采集的"荒荒茶"，远销"一带一路"沿线。这些人物，无论年龄，不分行业，都在时间的考卷上，写下了人生传奇！

《十年：我们的故事》，记录了脱贫攻坚，乡村巨变，人民幸福。内蒙古赤峰市喀喇沁旗河南街道马鞍山村，不仅实现脱贫，还因地制宜，走上乡村振兴的新道路。四川凉山的三河村，过惯了苦日子的百姓，告别长期贫困，获得"一步跨千年"的幸福感。

　　这十年，面对世界大变局，应对人类大挑战，中国的发展依然瞩目。仰望苍穹，神舟、嫦娥、天宫，不断奔向宇宙深空，中国航天成就震古烁今。俯瞰大地，中国的高铁，越铺越远，越跑越快。远眺世界，人类命运共同体，"一带一路"，中国的伟大构想与实践，犹如人类交响曲，演奏出合作共赢的美好旋律。面对新冠肺炎疫情大流行，中国人民交出了最优秀的抗疫答卷。

　　历史的车轮，正在向前。为全面建成社会主义现代化强国，实现第二个百年奋斗目标，中国人民意气风发、昂首阔步、奋力进取。我们相信，过去的十年，未来的十年，更多的十年，都会是中华民族发展史上，光彩夺目的篇章！

俱孟军

新华社原副总编辑、亚太日报社社长

2022 年 5 月 31 日

推荐序 2
新时代筑梦扬威

习近平总书记强调：为人民而生，因人民而兴，始终同人民在一起，为人民利益而奋斗，是我们党立党兴党强党的根本出发点和落脚点。

党的十八大以来，以习近平同志为核心的党中央提出以人民为中心的发展思想，坚持一切为了人民、一切依靠人民，始终把人民放在心中最高位置、把人民对美好生活的向往作为奋斗目标，奋力推进全面深化改革，让发展成果更多更公平惠及全体人民。

十年风雨兼程，十年沧桑巨变。在党和全国各族人民的共同努力下，我国组织实施了人类历史上规模空前、力度最大、惠及人口最多的脱贫攻坚战，完成了消除绝对贫困的艰巨任务，创造了人类减贫史上的伟大奇迹，为全球减贫事业发展和人类发展进步作出了重大贡献。

十年弹指一挥，十年地覆天翻。今天的中国，人民群众真正享受到了幼有所育、学有所教、劳有所得、病有所医、老有所养、住有所居、弱有所扶，人民群众的获得感、幸福感、安全感得到了前所未有的提升，千年夙愿梦成真，中华儿女笑开颜。

在世界百年未有之大变局和新冠肺炎疫情的叠加冲击下，中国能在短短十年间取得如此成就，充分彰显了以习近平同志为核心的党中央的坚强领导，充分彰显了社会主义制度集中力量办大事的政治优势，充分彰显了广大干部群众的辛勤工作和不懈努力。

百年光辉历程，百年伟大成就。从成立新中国让中国人民当家作主，到提出改革开放开辟中国特色社会主义道路，再到打赢脱贫攻坚战让中国人民全面过上小康生活，中国共产党初心不改、奋斗不止，始终想着多谋民生之利、多解民生之忧，朝着全体人民共同富裕的方向稳步前进。

百年岁月峥嵘，百年历史变迁。久经磨难的中华儿女站起来、富起来、强起来，正以坚定的民族自信心和极强的民族自豪感，将个人命运与祖国和民族的命运紧密相连，将个人的理想追求融入党和国家的事业追求当中，勇于担当，敢于作为，同心共筑中国梦。

以史为鉴，开创未来，埋头苦干，勇毅前行。当前，中国已经开启全面建设社会主义现代化国家新征程，迈上了实现第二个百年奋斗目标的康庄大道。中国共产党将带领 14 亿多中国人民，不忘初心，砥砺前行，为实现中华民族伟大复兴的中国梦而继续奋斗，为解决人类问题贡献中国智慧和中国方案。

朱成虎

国防大学防务学院前院长、国防大学教授

2022 年 6 月 1 日

推荐序 3
幸福来之不易，奋斗成就人生

幸福是奋斗出来的。

这句普通的话语，正在成为新时代中国人民坚定的信条、不变的追求。

实干才能兴邦。奋斗，是中华民族精神最美的历史基因。千百年来，我们的祖先就是一代代从长期的不懈奋斗中走来的。当我们越来越走近世界舞台的中央，越来越接近中华民族伟大复兴的目标，我们依然要靠扎实的奋斗创造伟业。

在锦绣的中华大地，到处都有奋斗者的身影。是他们，构筑了奋斗成就人生的美丽风景线。

他们当中有科学家、企业家，有教师、作家、医生，也有快递小哥、环卫工人。几乎每个行业，都有各自的优秀代表。本书精心选取了其中的一部分。追寻他们的人生脚步，挖掘他们的成长秘诀，生动反映他们的事业版图，给人们以更多、更深的思考，给人们以更大、更实的帮助。

他们当中的主人公，或许你并不认识，但他们与你生活在同一片蓝天下，他们的事业与你息息相关。

文化需要传承，需要一个个像樊锦诗这样的孜孜以求者长期以来练就的坐冷板凳的功夫。

当你来到莫高窟，你一定震撼于眼前先人创造的艺术瑰宝，同时，你也一定要知道，以樊锦诗为代表的当代优秀传统文化艺术的守护人，默默无闻、长期甚至一辈子在穷乡僻壤的付出。

老师是青少年成长的向导，张桂梅就是其中一个普通的老师，她坚持用自己柔弱且多病的身躯支撑起莘莘学子前行的梦想，令平常人都为之深深感动。

书中既有杰出个人，也有优秀团队。

一个团队，如果没有团结精神，是难以胜任需要合力、协作才能成功的光辉工作的。优秀团队，铸就优秀事业，杭州城市大脑运营指挥中心、中国科学院深海科学与工程研究所……无一不是这样。

在前进的路上，我们一样会遇到挫折和困难，但历史一再证明，挫折压不垮坚毅的中国人民，困难也难不倒英勇的中国人民。千难万险不惧，披星戴月行进。我们有信心，有能力，以坚定的毅力，克服艰难险阻，去实现美好的中国梦，永不言弃。

幸福来之不易，奋斗成就人生。

书中的每一个人物，都是我们的榜样。让我们在书香中感受生活的美好。

成锡忠

西南政法大学特聘教授

2022 年 5 月 30 日

序
你若盛开，清风自来

最有温度的丈量，莫过于"人"的尺度。是一个个小人物，为"中国崛起"奇迹夯基垒土，为中国梦一笔一笔抹上鲜活而斑斓的色彩。

十年一去如风雨，人间又增多少晴。

历史悠悠长河中，过去的十年，只是白驹过隙，沧海一粟，却起到承前启下、继往开来的关键作用。

过去的十年，是中国人民不忘初心、艰苦奋斗、开拓进取、砥砺前行的十年。

一盏灯，在丽江华坪女子高级中学校长张桂梅的宿舍中亮起。新的一天，她又要督促姑娘们努力读书，为高考冲刺。从当初乞讨办学，到改变两千多名山里女娃的人生……张桂梅还有更大的愿望：让学生考进清华北大。

"用尽全力保护"，是"敦煌女儿"樊锦诗对莫高窟最为深切的眷恋。舍半生，给茫茫大漠，献芳华，为艺术宝库。樊锦诗抛开小家安逸，守得孤独人生，换来国宝耀目，文化璀璨。

过去十年，是老百姓勤劳致富，阖家欢乐，创造价值，实现梦想的十年。

来到汶川映秀的"茶祥子"，一定能看到风雅的老板蒋维明。一场大地震，他带领灾民们以茶为途，重建家园，实现富裕。如今，"茶祥子"品牌美名远扬，蒋维明和乡亲们不仅要用一杯茶泡出"小梦"，更要实现伟大的中国梦。

一间有着新被子和空调的"夫妻房"，是参与北京地铁修建的钢筋工范勇与妻女短暂相聚的"伊甸园"。这个朴实的河南汉子，用力气赢认可，靠技术换财富，将自己从农民工变为"高薪"技工，日子越过越有滋味。

虽然一出生没有父母疼惜，但聋哑姑娘王雅妮从未缺少过关爱。从一个身有残疾的可怜孩子，经过福利院的细心呵护和培养，成长为乐观开朗、礼貌懂事、人见人爱的阳光少女，王雅妮最终站上三尺讲台，将爱继续传递……

过去十年，是我们祖国鲲鹏展翅、升腾万里，奋勇前进，伟大复兴的十年。

当中国自主研制的"奋斗者"全海深载人潜水器坐底"挑战者深渊"，新的世界纪录诞生了！向海图存，向海图兴，向海图强，中国建设海洋强国的画卷，正徐徐展开。

将城市变为生命体、有机体，根治"城市病"，让城市变得更智慧，是杭州城市大脑运营指挥中心的使命。从"数字治堵"到"数字治城"，再到"数字治疫"，杭州要把"城市大脑"这份厚礼献给中国，献给世界。

为了叩响海洋油气资源的神秘大门，中国海上"王进喜"们不舍昼夜，风雨兼程，创造出全球最大、作业水深最深、钻井深度最深的海上钻井平台，为民争气，为国扬威！

…………

小片段合成大乐章，小人物组成大时代，"小梦想"构成中国梦！

国家的建设，民族的复兴，靠的是每一个中国人的努力和奋斗。他们有血有肉，有性有灵，有喜有乐，有情有义。正是这些来自各行各业的劳动者，为复杂纷乱的世界描绘了一道美丽风景线，在艰难险阻中创造了十年快速发展的中国奇迹。

这一切，将在《十年：我们的故事》一书中为您呈现。如果您能在书中找到自己的影子，或是某个故事能在您心中激起些许涟漪，便是作者和编辑团队最深的欣慰和感动。

你若盛开，清风自来。

每一个中国人的各自精彩，便是这个古老国度实现复兴腾飞的最好安排。

刘莉莉

亚太日报社总编辑

CONTENTS

十年·梦想

【第一章】

THE DECADE —DREAM

◎ **张桂梅**
"燃灯校长"点燃山村女孩教育梦   007

◎ **樊锦诗**
一生痴守，内心归处是敦煌   019

◎ **谢晓亮**
赤子归国，勇攀科技高峰   031

◎ **范勇**
汗水浇灌心中梦想，双手开拓美好生活   041

◎ **杭州城市大脑运营指挥中心**
科技赋能，开启居民智慧生活   051

◎ **中国科学院深海科学与工程研究所**
逐梦海洋，向惊涛骇浪进发   063

【第二章】

十年·奋斗
THE DECADE—STRUGGLE

蒋维明
以茶为媒，传承中国文化
079

河南街道马鞍山村
因地制宜，贫困村蹚出金光大道
091

陕西柞水金米村
小木耳铺就幸福路
103

潘安湖街道马庄村
贯彻新发展理念，打造绿色新名片
115

七星农场
智慧农业，奏响粮食丰收奋进曲　　　　　127

山河智能
自主创新，铸就大国发展引擎　　　　　137

石油钻井平台
向海图强，海上也有"王进喜"　　　　　147

边防官兵
无畏坚守，甘当界碑　　　　　159

【第三章】

十年·共享
THE DECADE — SHARE

十八洞村
产业开花，十八洞村村民共算收支账　　175

潭头村
红色旅游，映照古村前行路　　187

三河村
易地搬迁，绘就乡村美丽画卷　　197

多福社区
邻里关系多和谐，幸福家园"福"满街　　211

王雅妮
此生获得爱，一生奉献爱   221

阿亚格曼干村
惠民政策解民忧，美好生活启新篇   231

玛吉格
草原深处喜事多，民族团结一家亲   243

四季青敬老院
养老政策暖人心，夕阳之花仍灿烂   255

后记   264

范勇

汗水浇灌心中梦想，
双手开拓美好生活

杭州城市大脑运营指挥中心

科技赋能，开启居民智慧生活

中国科学院
深海科学与工程研究所

逐梦海洋，向惊涛骇浪进发

第一章

十年梦想

THE DECADE — DREAM

○ 张桂梅
「燃灯校长」点燃山村女孩教育梦

○ 樊锦诗
一生痴守，内心归处是敦煌

○ 谢晓亮
赤子归国，勇攀科技高峰

引言

　　"来而不可失者，时也；蹈而不可失者，机也。"这是人类奋进的主动。时间是形塑一切的土壤，同时又是一种最特殊的资源。

　　十年，时光呼啸；十年，驰而不息。

　　这十年，张桂梅初心如磐、知重负重，以生命做灯芯点亮2000多名大山女孩的人生，用肩膀扛起她们的希望。她以大半生的炽热初心，璀璨师德。

　　这十年，樊锦诗筑梦敦煌，扎根大漠，潜心石窟考古研究，赴一场跨越半个世纪的文化苦旅，聆听穿越时空的回声。

　　这十年，三河村把习总书记的嘱托化作攻坚决心，排除万难，整村搬出穷山沟，户户过上新生活，让百姓劳有所得、病有所医、老有所养、住有所居、弱有所扶。

　　这十年，中国科学院深海科学与工程研究所的科学家们不坠吾辈青云志，敢于创新、勇挑重担，创造了 10909 米的中国载人深潜新纪录。

这十年，十八洞村扎实践行"六个精准"的要求，为新时代贫困地区脱贫致富走上小康提供了成功样本，创造了湘西苗寨千年发展史上的奇迹，走出了一条可复制可推广的深度贫困山区脱贫之路，为决战脱贫攻坚、决胜全面建成小康社会树起了一面鲜明旗帜，为走向乡村振兴提供了有益启示。

…………

不驰于空想，不骛于虚声。这十年里，为了实现中华民族伟大复兴的中国梦，我们过了一峰再登一峰，跨过一沟再越一堑，以坚如磐石的信心、只争朝夕的劲头、坚韧不拔的毅力，勇立潮头，开拓进取。

岁月为证，奋斗不止。为梦济沧海，扬帆正当时！

我以为，实现中华民族伟大复兴，就是中华民族近代以来最伟大的梦想。这个梦想，凝聚了几代中国人的夙愿，体现了中华民族和中国人民的整体利益，是每一个中华儿女的共同期盼。

——习近平

梦想

长久以来，中国人很少有梦，

也很少能够实现属于自己的梦。

今天，中国梦多了自由与开放。

每个平凡的中国人，

都可以拥有，也正在拥有自己的中国梦。

每个人，都可以有一个中国梦，

就好像每个人都可以仰望星空，

星光洒在每个人的脸上，照亮更加丰沛的人生，

也照亮更加灿烂的中国。

世界在以往十年间，曾以望远镜式眺望、显微镜式挑剔，

解读中国的进步、不足与走向，

却可能未曾料到中国的下一个新十年，

会以中国力量圆中国梦，

昂首阔步走在新征程的大道上。

【张桂梅】

『燃灯校长』点燃山村女孩教育梦

【十年掠影】

曾荣获"时代楷模""全国优秀共产党员""全国先进工作者"、"全国师德标兵""全国最美乡村教师""全国脱贫攻坚楷模""感动中国 2020 年度人物"等荣誉称号。

张桂梅老师坚守教育报国初心，牢记立德树人使命，扎根贫困地区，立志用教育扶贫斩断贫困代际传递，倾力建成全国第一所全免费女子高中，让 2000 余名贫困山区女学生圆梦大学，托举起当地群众决战决胜脱贫攻坚的信心和希望。

为了不让一名女孩因贫困失学，她坚持家访 11 年，遍访贫困家庭 1300 多户，行程十余万公里。

2021年6月29日上午，"七一勋章"颁奖仪式在人民大会堂隆重举行。丽江华坪女高校长张桂梅在志愿者的搀扶下蹒跚走向讲台。她在获奖感言中，提到了两个初心：

一是创办华坪女高的初心，作为一名人民教师，她在贫瘠的土地上孜孜不倦地播种教育脱贫、创造美好新生活的希望；二是对党的初心，作为一名共产党员，她"以人民为本"，时刻准备着将热血和青春献给国家和人民。

张桂梅说："只要还有一口气，我就要站在讲台上，倾尽全力、奉献所有，

九死亦无悔！"

◉ 知重负重，创办免费女子高中

65 岁的张桂梅出生于黑龙江省牡丹江市。年少时，她从东北到云南支边，机缘巧合之下成为一名教师。在教学过程中，张桂梅目睹了山区里因贫穷而产生的种种问题，更彻底地认清了只有提升女生受教育的程度，才能阻断三代人的贫困，因此萌生了创办免费女子高中的梦想。

"我们等得起，可孩子们的成长等不起，她们可都是国家和民族的未来、山区的希望，女高早办一天，就能少让一批山区女孩辍学，就能多为山区发展点燃一分希望啊！"

功夫不负有心人。在张桂梅六七年辗转奔走，吃过各种"闭门羹"后，2008 年，在各级党委政府以及社会各界爱心人士的关心支持下，全国第一所免费的女子高级中学，在华坪迎来了首届 100 名学生。

越是伟大的事业，越是充满挑战，越需要知重负重。山区里的孩子基础差、底子薄，张桂梅暗下决心，一定要教好她们，帮助她们改变命运，迎接光明的未来。

在这里，她是"燃灯校长"。每天凌晨五点，张桂梅的房间总是第一个亮灯。尽管只睡了五六个小时，全身僵硬、头痛欲裂，她仍伸出贴满膏药、细瘦的手臂，艰难地扶着墙壁离开宿舍，在黑暗与寂静中开启新一天的"战役"。

在这里，她是"张妈妈"。每一位学生的家庭情况，张桂梅都了如指掌；每一位学生的心理状况，张桂梅都放在心上。"不用怕，有我呢！"她的坚定承诺如同深山里的一束星火，温暖了无数女孩的心。

在这里，她是"张七喊"。从早到晚，一年四季，张桂梅都会举起小喇叭，在校园里用力"嘶吼"："喊起床""喊早读""喊宣誓""喊唱歌""喊吃饭""喊午休""喊晚安"……干净利落，铿锵有力。全校师生对她的喇叭声"情有独钟"，一天不听心里就会空落落的。

在张桂梅的带领下，这所昔日"没围墙、没宿舍、没食堂"的"三无高中"，缔造了一个又一个奇迹，高考成绩屡创新高。2011 年，华坪女高学生首次

参加高考，一本上线率 4.26%，综合上线率 100%。到了 2020 年，159 人参加高考，150 人考上本科，一本上线率达到 44%。

14 年来，2000 多名原本被磨灭的、被牺牲的、被忽视的女孩，走出大山，走进浙大、厦大、川大……在更广阔的舞台上开启人生新篇章。

"我生来就是高山而非溪流，我欲于群峰之巅俯视平庸的沟壑。我生来就是人杰而非草芥，我站在伟人之肩藐视卑微的懦夫！"

华坪女高的誓词，不仅生动诠释了张桂梅的奋斗精神，更将锐意进取、

不甘人后的拼搏精神注入学生心田，激励她们成为国之栋梁。

◎ 漫漫家访路，教育扶贫"一个都不能少"

　　华坪县地处金沙江腹地，山区面积占97%，三分之二以上的大山在海拔1500米以上，散居着傈僳族、纳西族、彝族等民族。这里经济较为落后，人们思想封闭，"因而一些女孩读着读着就不见了"。

　　为让失学女孩返校，为了不在教育扶贫路上落下一个孩子，张桂梅踏遍华坪大山深处，挨家挨户走访，给女孩父母做思想工作。

　　"女孩的教育问题解决不好，就会陷入贫困女孩——贫困母亲——贫困下一代的恶性循环，所以救一个就是救三代！""我把那些姑娘一个个往回捞，哪怕我自己出钱，也一定让她们读书！"

　　张桂梅的家访，是一次次"长征"。

　　每年寒暑假，天气最恶劣时，也是她长途跋涉、历经险阻的时候：

二月阴冷，冷风钻透棉衣吹得她骨头疼；七八月雨水多，山路陡峭湿滑、沟壑纵横，非常不好走。

然而，自 2008 年建校以来，身体瘦削的张桂梅，在蜿蜒崎岖的大山里行走了近 12 万公里，几乎每一位华坪女高学生的家里，都留下了她的足迹。

有一次，她乘坐摩托车沿着一条不到半米宽的羊肠小道攀登。身旁是陡峭的石壁，不断有泥沙、碎石滚落下来，脚下是深深的悬崖，稍有不慎便会粉身碎骨。她紧张得不敢低头，心慌得乱跳，双腿发软。

还有一次，她步行至一段河谷时摔了一跤，之后便一直咳嗽并感觉胸口疼痛，再加上发烧，她身体虚弱得连走路都困难。可她一想到孩子们下学期就要参加高考，便一声不吭地坚持、坚持、再坚持，直到全部走访完毕才去医院。检查结果出来后，随行的人都哭了。原来那一跤，把她的第七、八根肋骨生生摔裂了。

"所有杀不死你的只会使你更强大"，2021年寒假，此时的张桂梅已身患20多种疾病，每天离不开大把药物，走路如针扎般疼，但她仍在众人的搀扶下，坚持着又一次踏上家访路，用实际行动践行"无论如何，我一定要亲自到每一名学生的家里去看看"的决心。

"最令我高兴的是，许多大学毕业就业的学生家庭，家门口贫困户的牌子摘掉了。一个学生就业，就有一个家庭脱贫！"一次次家访中，张桂梅注意到，农村的整个教育生态环境正在悄然发生变化，到山区村寨的路好走多了，许多贫困家庭的生活也好起来了，一切付出都是值得的。

◎ 信仰坚定，被写进《中华人民共和国简史》

张桂梅"火"了。从"全国优秀共产党员""全国先进工作者"，到"中国十大女杰""全国五一劳动奖章获得者""全国三八红旗手"……各种荣誉纷至沓来。

2021年10月21日，张桂梅被写进了《中华人民共和国简史》（最新版）。这在互联网上再度掀起波澜，成千上万的网友都在刷屏式回复：她值得。

是的，她值得！作为一名人民教师、高级中学校长，张桂梅身体力行，用教育之光照亮贫困山区，用爱培育爱、激发爱、传播爱。

桃李不言，下自成蹊，她的学生有的成了教师，有的成了警察，有的成了医生，有的在法院工作……她们都以张桂梅为榜样，学有所成之后在各自岗位上发光发热。

是的，她值得！作为一个大写的中国人，张桂梅是新时代巾帼建功的杰出代表，将自尊、自信、自立、自强、爱岗、敬业等正能量，传遍整个华夏大地。

"虽然我看不到您，可我要像您一样坚强，在漆黑的世界里去寻觅光亮，向着音乐的殿堂飞翔；我要像您一样坚强，向着天空勇敢地挺起脊梁；我要像您一样坚强，把自己变成照亮别人的火光！"在2022年写给张桂梅的信中，12岁的盲人小孩官宝明道出了很多人的心声。

然而，面对各种荣誉和掌声，面对无数鲜花和镜头，张桂梅仍是那个无房、无车、无存款的"三无老人"，对自己生活极为苛刻，却把工资、奖金以及社会各界的捐款悉数用在孩子们身上。她让整个社会看到，个体在与命运抗争时，所爆发出来的巨大力量。

"如果说我有追求，那就是边疆民族贫困地区的教育事业；如果说我有企盼，那就是我的学生和孩子；如果说我有动力，那就是党和人民。"

师者桂梅，心之所向，百折不挠，信仰如炬，照耀远方。

当前，全球 7.5 亿文盲中，仍有三分之二是女性，教育上的性别差距依然明显。联合国开发计划署驻华代表白雅婷曾表示，张桂梅的感人事迹证明，教育对扶贫的重要性，教育具有很强的推动性别平等的作用。

教育是国之大计、党之大计；教师是立教之本、兴教之源。党的十八大以来，我国教育事业蓬勃发展，尤其贫困地区学生的受教育水平全面提高，这离不开无数个像张桂梅一样的优秀人民教师的努力奋斗。

时间之河奔流不息，每一代人有每一代人的际遇和舞台。张桂梅胸怀壮志，来云南为祖国出一份力，以大半生的炽热初心，璀璨师德。

师者桂梅，大爱无疆。张桂梅用生命践行使命，用信仰书写担当，用奉献成就光荣，巍巍正气铸丰碑，脉脉柔情唱赞歌。

张桂梅扎根基层数十载，坚守在教育一线，为了圆众多学子的教育梦而不辞辛苦、不畏困难。

自党的十八大以来的十年间，正是在张桂梅等一个个教育工作者的奉献下，办学规模持续扩大，普通高中总数达 1.46 万所，在校生达 2605.03 万人，分别比十年前增长 7.97% 和 5.59%，毛入学率提高到 91.4%，比十年前提高 6.4 个百分点，托举起了无数贫困山区孩子"知识改变命运"的希望和梦想。

中西部普通高中普及率提升幅度最大，明显缩小了区域教育发展差距，国家的办学规模持续扩大，国家的国民整体素质持续提高，国家的人才发展战略持续推进。

正是张桂梅这样为教育事业奉献了所有的光和热的明灯，为德智体美劳全面发展的社会主义接班人照明了前进的方向。

　　教育梦不仅仅是宏观层面的国家梦，也是具体而微的社会梦，更是关乎你我幸福的个人梦。教育决定一个民族的未来，是一个民族最根本的事业，百年大计教育为本，中华民族走向伟大复兴的过程，也是中国人民追求美好生活的过程，更是中国教育发展走向繁荣的过程。

【樊锦诗】一生痴守，内心归处是敦煌

【十年掠影】

2018 年，获得"改革先锋"的称号；2019 年 9 月 17 日，被授予"文物保护杰出贡献者"国家荣誉称号，9 月 25 日，获"最美奋斗者"称号，12 月 6 日，获 2019 第七届"中华之光——传播中华文化年度人物"奖；2020 年 5 月 17 日，被评为"感动中国 2019 年度人物"。

樊锦诗曾任敦煌研究院院长，为敦煌莫高窟的保护、利用和传承作出了巨大贡献。

她坚守大漠 50 余年，从满头青丝熬到一头白发；她潜心于石窟考古研究，大胆构想了"数字敦煌"，引进先进保护理念和保护技术，把敦煌研究院打造成中国石窟保护研究事业的典范。

"舍半生，给茫茫大漠。从未名湖到莫高窟，守住前辈的火，开辟明天的路。半个世纪的风沙，不是谁都经得起吹打。一腔爱，一洞画，一场文化苦旅，从青春到白发。心归处，是敦煌。"

这是 2019 年度感动中国人物颁奖盛典献给敦煌研究院名誉院长樊锦诗的颁奖词。这位身材瘦小、满头银发的老人放弃了舒适的生活，离开江南水乡，在大漠戈壁谱写了一段诗意人生。

◉ "此生命定，我就是个莫高窟的守护人。"

所谓命定，不一定是一眼白头，也可以是兜兜转转、百转千回后，原来你就在灯火阑珊处。

1938 年，樊锦诗出生于一个书香世家。父亲樊际麟希望女孩子也要饱读诗书，于是分别以"诗""书"为名，给樊锦诗及其双胞胎姐姐起名。

由于自小体弱多病，樊锦诗放弃学医，转投历史系，本以为学历史不仅不需要费体力，还能饱读诗书、游览山川，好不惬意。却未曾想到，现实并非如此。

满怀对文物的热爱，樊锦诗遵从内心的指引，选择了考古专业，凭着一股韧劲，一种执着的信念，坚守在莫高窟 735 个洞窟、45000 平方米壁画和 2000 多身彩塑中，这一守护就是半个多世纪。

少年时代，敦煌对于樊锦诗而言是一个谜、一个梦。课文里的莫高窟是"祖国西北的一颗明珠""一座辉煌灿烂的艺术殿堂"，令樊锦诗魂牵梦绕，久久无法忘怀。

在她的想象中，那些喝过洋墨水的文人骚客都能献身这片土地，那它一定是一个诗情画意、十分气派的地方。于是，毕业实习时，她毫不犹豫地选择了敦煌，以了却一桩心愿。

然而，当想象中的世外桃源变成眼前的漫漫黄沙，出生于北京、生长在上海、求学于燕园的樊锦诗被现实"击倒"了：缺水少电，物质匮乏，人迹罕至，纸糊的天花板偶尔掉下四处乱窜的老鼠。由于严重水土不服，加之营养不良，她时常夜里睡不着觉，白天走不动路。出于健康和安全的考虑，三个月不到她就带着实习考察的资料匆匆离开敦煌，提前回了上海。

"离开了就没想再回去，这是真话。"回顾往昔，樊锦诗一如既往地真实、坦诚。

毕业分配时，她却改变了主意。国家需要我们到那里去，樊锦诗隐隐觉得，敦煌石窟里精美绝伦的壁画和造像在召唤她，邀她再赴一场穿越时空的文化之旅。

那段时间，樊锦诗特别喜欢在黄昏时分去爬三危山，一坐就是半天。望着成百上千如眼睛般的洞窟，她在寂静中聆听孤独，在流沙中寻求心灵安顿，也渐渐拾得了西北大漠的坚韧和豁达。

是谁于茫茫戈壁中创造出这样一片独一无二的佛国世界？这个世界又怎能被人遗弃至此？敦煌带着它被尘封的奥秘，随着时光融入了樊锦诗的生活，成了她为之守护一生的使命。

岁月回眸，樊锦诗在时代变迁与个人际遇中一再放弃离开的机会，不是因为命运的捉弄，而是因为敦煌就是这样一个来了就不想走的地方，时间越

久对它了解越深，就越不想离开。

党的十八大以来，以习近平同志为核心的党中央高度重视文物保护工作。没有文明的继承和发展，没有文化的弘扬和繁荣，就没有中国梦的实现。没有高度的文化自信，没有文化的繁荣兴盛，就没有中华民族的伟大复兴。

在与总书记的一次次握手和交谈中，樊锦诗深受鼓舞、倍感振奋。她不忘初心，锐意进取，把研究保护工作当作终身事业和无悔追求，誓言走出一条具有中国特色的文物保护利用之路，为中华文化的繁荣兴盛、中华民族的伟大复兴尽心竭力。

"敦煌叫人着迷，我的心一直在敦煌，要去守护好敦煌，这就是我的命。"樊锦诗说。

◎ "家庭与工作，身心两处不能会合，好像是莫高窟人的宿命。"

"敦煌女儿""敦煌女神"，是人们对樊锦诗的称谓。

　　作为"女儿"，樊锦诗尽职尽责、任劳任怨，将敦煌这位历经沧桑的母亲照顾得无微不至，但作为妻子和母亲，她总觉亏欠和遗憾。正如她将荣誉归于敦煌研究院的全体工作人员一样，这种遗憾也是所有敦煌人的遗憾。"莫高窟人"的境遇非常相似，只要你选择了莫高窟，就不得不承受分离之苦。

　　"家庭与工作，身心两处不能会合，好像是莫高窟人的宿命。"樊锦诗在口述自传中如是说。

　　大学时代，樊锦诗遇见了彭金章，男才女貌，情窦初开。他们在图书馆自习，沿未名湖散步，没说过一句"我爱你"，却心心相印、情比金坚。

　　毕业分配时，彭金章去了樱花盛开的武汉大学，从零开始组建考古系及第一批教师队伍，樊锦诗去了黄沙漫天的莫高窟，翻开敦煌遗产保护的新篇章。在那个交通不便的年代，一封封书信，一句句"我等你"，贯穿了他们分居两地的十九年岁月。夜深人静时，樊锦诗常常在极度的幸福和极度的茫然中辗转反侧，继而生出无以为报的自责情绪。

　　"我们两个人，总有一个要动，那就我走吧。"彭金章太了解妻子了，未等她开口便做出了调来敦煌的决定，放弃了他心爱的商周考古教学。在樊锦诗看来，她能扎根大漠，一心守护着735个洞窟，离不开"老彭"的守护和成全。

"相识未名湖，相爱珞珈山，相守莫高窟。"这是樊锦诗同彭金章的爱情誓言。这句简短而有力的誓言后面本可以加上其他许多地名，但深知自己肩上责任重大的樊锦诗，直到彭金章2017年去世，也没能陪他到敦煌以外的地方走走，痛痛快快地玩一场，徒留无限的悲伤与遗憾。

樊锦诗的另一大遗憾是孩子。她不是也不想被视为"钢铁巨人"，她也想要了解并参与孩子的日常点滴，陪伴孩子们成长，但出于安全和教育的考虑，她和两个孩子只能聚少离多。

有一次，樊锦诗前往河北接二儿子，两三年没见过孩子的她，竟将门口那个黑不溜秋、一丝不挂的小男孩误认为是邻居家的孩子。当大姐将穿戴整齐的孩子领进来，那一句带有河北口音的"妈"，顿时让她潸然泪下。对一位母亲而言，比被孩子认不出更难过的，或许是认不出孩子，前者是伤心加无奈，后者是无尽的歉疚和自责。

樊锦诗每说一次"我为敦煌尽力了"，她都会说无数次"我对这个家怀有深深的歉疚，尤其是对孩子"。守护莫高窟这一高尚又艰苦的事业，其背后不仅是一个文物工作者一生的奉献，更是一个个舍小家为大家的整个家庭的奉献。

◉ "你对它有深深的爱，就会想尽一切办法去保护它。"

樊锦诗说，她只是沾了莫高窟的光。

讲述樊锦诗的故事，不能不谈及莫高窟这座人类艺术宝库的历史和意义。敦煌位于中国甘肃省河西走廊西端，东接中原，西连新疆，历来既是丝绸之路上的一个"咽喉之地"，也是中西方宗教和文化的交汇处。莫高窟作为这一切的"见证者"，以中国文化为基础，融合印度文化、希腊文化、波斯文化和中亚地区的文化，是世界上现存规模最大、保存最完好的佛教石窟艺术圣地，也是一部辉煌璀璨的人文史。

然而，在敦煌艺术研究所成立前很长一段时间，特别是西方列强入侵中国的特定历史背景下，这颗"丝路明珠"长期处于无人看管、任人偷盗破坏的境况，千疮百孔、满目疮痍。

中华民族伟大复兴需要以中华文化发展繁荣为条件，必须大力弘扬中华优秀传统文化。增强实现中国梦的文化软实力，弘扬中华优秀传统文化是基础性工程。坚定文化自信，是事关国运兴衰、事关文化安全、事关民族精神独立性的大问题。

在樊锦诗的带领和推动下，敦煌不但在风雨飘摇的日子完好无损，而且走上了科学保护之路。她力求突破创新，积极开展文物国际交流合作，将最先进的科技与古老的文化深度融合，在文物保护和旅游开发之间寻求平衡。特别是"数字敦煌"的伟大构想，让大漠中的千年瑰宝"活起来"，走出洞窟，走向世界，实现敦煌艺术文化的全球共享。

2013年，随着习近平总书记"一带一路"倡议的提出，千年古城敦煌再次焕发生机，肩负起保护传承优秀传统文化的历史重任、构筑民族伟大复兴精神支撑的时代责任、服务共建"一带一路"的国家使命。

讲好中国故事，传播中国声音，敦煌文化展现中华民族的民族自信，深化中国同丝绸之路沿线国家的文化交流与合作，增进民心相通，推动共建亚洲命运共同体、人类命运共同体。保护莫高窟，传承敦煌文化，是中华民族为世界文明进步应负的责任。

樊锦诗也因敦煌越来越为人所熟知，但从"全国先进工作者""三八红旗手"到"文物保护杰出贡献者""感动中国 2019 年度人物"，她始终将自己定义为"一个领奖的人"，而不是"一个获奖的人"。在她看来，这些荣誉是一代又一代敦煌人的集体努力，彰显了国家对文物工作的高度重视，而她只是一个"为敦煌做了点实事"的老者。

"路漫漫其修远兮，吾将上下而求索。"未来，樊锦诗将牢记习近平总书记的殷切嘱托，脚踏实地，淡泊名利，和同仁们一起从坚定文化自信、筑牢中华民族共同体意识的高度，做文物保护利用的实践者、贡献者、引领者，做新时代中华优秀传统文化的继承者、传播者、创新者，让"坚守大漠、甘于奉献、勇于担当、开拓进取"的莫高精神代代相传。

"你对它有深深的爱，就会想尽一切办法去保护它。"樊锦诗如是说。

扎根荒漠数十载，我心归处是敦煌。致敬"敦煌的女儿"樊锦诗，她以择一事、终一生的工匠精神，将个人理想与国家命运紧密结合，用生命让敦煌重生。

中华文明源远流长、博大精深，是中华民族独特的精神标识，是当代中国文化的根基，是维系全世界华人的精神纽带，也是中国文化创新的宝藏。

党的十八大以来，全国文物工作者开拓进取，取得了历史性成效。成果背后离不开诸多如同樊锦诗一般在文物背后默默奉献的文物保护者，他们倾其一生淡泊自守，为中华文明的繁荣和传承奉献自己的一生。

在他们的持续努力下国家级文保单位数量较 2012 年增长 115%，新增 8 项世界文化遗产。长城、大运河、丝绸之路文化遗产、长江三峡文物、西藏重点文物等重大保护工程相继竣工。

馆藏珍贵文物保护修复取得重要进展，全国博物馆数量增长 60%，500 多万件（套）藏品数据信息全民共享。文物工作"科技含量"显著提升，一批文物保护共性关键技术取得重要突破，实验室考古技术广泛应用，113 项文物保护国家和行业标准发布实施。

凡此种种，皆要感谢诸多在文物背后默默奉献的工作者，时光无言却见证了所有人的初心，文物无声却在感念所有人的付出。

【谢晓亮】

赤子归国，勇攀科技高峰

【十年掠影】

2012 年，谢晓亮实验室开发出单细胞全基因组均匀扩增的新方法；2017 年 9 月，获得求是杰出科学家奖，11 月，当选中国科学院外籍院士；2018 年 7 月，正式全职回到北京大学工作；2019 年 11 月，担任北京大学理学部主任。

在美国深造期间获得了美国的三个国家级院士职称，并被哈佛大学化学与化学生物系聘为终身教授。

在全国人民共抗新冠肺炎病毒疫情过程中，谢晓亮团队提出了对康复期病人血液中的 B 细胞进行高通量单细胞测序的方法，用来大幅加快中和抗体的筛选。

目前，合作团队正致力于将筛选出的抗体用于新冠肺炎的中和抗体治疗。

2018 年 7 月，一位天才科学家在事业巅峰期，毅然放弃美国提供的诱人条件，回归故土，报效祖国。

他就是中国科学院外籍院士、北京大学李兆基讲席教授谢晓亮。他是改革开放后哈佛大学聘任的第一位来自中国大陆的终身教授，也是世界公认的单分子生物学、无标记光学成像、单细胞基因组学的开拓者和领军人物。

面对人们的不解和困惑，谢晓亮只是淡淡地说："对于一个中国人来说，回家不需要理由，不回家才需要理由。"

◉ 家国情怀深入心

1962 年 6 月，谢晓亮出生在北京一个知识分子家庭，他的父母亲均为北京大学化学系教授，都是"尚自然、展个性"的教育理念的倡导者。

孩童时代，当别的小孩还在玩耍时，谢晓亮已经在父母的教导下读书识字，小小年纪的他一直是邻里口中"别人家的孩子"。

学生时期，在家庭的熏陶和学校的培养下，谢晓亮不但成绩优异，还早早地表现出实践天赋。父亲用一个亲手制作的陀螺点燃了谢晓亮的好奇心和求知欲，从此他一发不可收，沉迷于各种小发明或小模型，同时也在这些敲敲打打中爱上了科学研究。

回顾这段岁月，谢晓亮动情地说："父母对我的影响是潜移默化的。他们为人正直，生活简朴，工作上精益求精。他们热爱科研和教学，我常常看到科研教学成果为他们带来的喜悦，他们从未给我请过家庭教师，而是鼓励我独立钻研问题。"

1980 年，谢晓亮如愿考入北京大学化学系。在北大博雅塔的见证下，他发奋图强，不但对本专业的知识了然于胸，还大量旁听物理系和数学系的课程，利用暑假到实验室做实验，为自己日后的科研之路打下坚实的基础。

23 年的岁月里，除了专业知识，谢晓亮的家国情怀也在燕园这片沃土得到了滋养。从"科学救国"的信念，到"团结起来，振兴中华"的口号，再到"小平您好"的横幅，北大精神早已同爱国之情一起，深深地铭刻在谢晓亮的内心深处，推动他披荆斩棘，奋力前行，将科研作为毕生追求的目标。

在谢晓亮看来，北大不仅仅是一所学术的殿堂，更是他心灵的归处。正是这份无法割舍的羁绊和牵挂，让他在美工作二十余载后，选择回到北大，与燕园再续前缘。

◎ "距离诺贝尔奖最近的华人学者"

1985 年，在北大攻读了一年硕士研究生以后，谢晓亮考虑到当时国内的科研水平与世界先进水平还存在不小差距，决定利用改革开放的契机，远渡重洋深造，学习西方的先进技术用以报效祖国。

从加州大学圣地亚哥分校，到芝加哥大学，再到美国太平洋西北国家实验室，谢晓亮在科研的道路上越走越远。他接触到的项目越来越难，收获的成果越来越丰硕，在美国化学科研领域的名声也越来越响。许多大学都向他伸出橄榄枝，其中也包括全球知名学府——哈佛大学。

1999 年，37 岁的谢晓亮被哈佛大学化学与化学生物系聘为终身教授，

成为自改革开放以来哈佛大学引进的第一位来自中国大陆的终身教授。之后，他又相继入选了美国医学科学院院士、美国科学院院士、美国艺术与科学学院院士。

头顶一系列耀眼的"光环"，谢晓亮最常想到的是，他"没给中国人丢脸"。无论岁月如何变迁，他始终心系祖国，渴望用自己的毕生所学回报那片养育他的土地。

在这个信念的支撑下，谢晓亮不仅为中国培养了许多科技人才，还不辞辛苦地在哈佛与北大之间来回奔波，为中国学术发展和学科建设献计献策，为中国科研事业添砖加瓦。他从2001年开始担任北京大学客座教授，之后又创立了北京大学生物动态光学成像中心（BIOPIC）。

得益于谢晓亮团队在单细胞全基因组学研究方面的突破性进展，2014年9月，世界上第一例"MALBAC婴儿"在北医三院呱呱坠地，这不仅意味着一个婴儿避开了其父亲的显性遗传病，更标志着中国胚胎植入前遗传诊断技术达到世界领先水平。

回顾这一历史性时刻，谢晓亮仍难掩激动："我很自豪在北京大学的工作真正推动了医学进步，为人民健康贡献一份力量。"

凭借 MALBAC 技术和其他科研成就，2015 年，谢晓亮出现在美国重量级的生物医学奖——阿尔伯尼生物医学奖的获奖名单上，成为该奖项的首位华人获奖者。历史上，获得这一殊荣的学者大多获得了诺贝尔奖，谢晓亮也因此被称为"距离诺贝尔奖最近的华人学者"。

然而，就在大家都以为他要继续在美国高歌猛进、大展身手时，谢晓亮做出了一个惊人的决定：放弃美国的优渥待遇，回到中国发展。

◉ 锦城虽乐，不如回故乡

哈佛的校园里有一座"中国碑"。它由哈佛大学中国校友会捐赠而来，上面用中文写着："文化为国家之命脉。国家之所以兴也系于文化，而文化之所以盛也实系于学。深识远见之士，知立国之本必亟以兴学为先……我国为东方文化古国，然世运推移，日新月异，近三十年来，就学于哈佛，学成归国服务国家社会者，先后几达千人，可云极盛……"

同这些为中华之崛起、民族之复兴而留洋的先辈们一样，谢晓亮在美国的 33 载岁月里，时刻关注着祖国的变化和科研的发展，寻找归国的契机。

随着改革开放的逐步深入，特别是自"科教兴国"战略提出以来，中国越来越重视科学技术的发展，国内科研环境也有了极大的改善。过去 10 年，中国还从海外大力引入人才，并为回国人才创造了各种有利条件。

看到越来越多优秀同行回国效力，甚至在几年内就获得国际领先的成绩，谢晓亮意识到，是时候回家了。如今在中国也有能够支撑梦想发展的现实基础，凭借自己的努力也能够在中国闯出一片天地。

锦城虽乐，不如回故乡；乐园虽好，非久留之地。归去来兮。

2018 年，参加完两个女儿的高中毕业典礼后，56 岁的谢晓亮放弃了在美国如日中天的事业，正式回到他梦想开始的地方，在北京大学从事全职工作。

回到母校后，谢晓亮开始了大刀阔斧的改革，提出了不少建设性的意见，其中包括搭建一座连接北大与哈佛的桥梁。通过这个桥梁，中美两国能更好地进行文化交流，中国学生也能更快地了解到国外的先进技术。

与此同时，谢晓亮还和国内其他顶尖科研工作者一起，协同完成了多项科研项目。他充分利用自己在国外接触到的先进科学技术，以及积累的人脉，使得我国科研发展速度得到很大的提升，与国外的差距也在逐渐缩小。

自新冠肺炎疫情暴发以来，谢晓亮冒着风险赶往抗疫前线，联手中国工程院院士钟南山，一起为制止病毒恶化作出了巨大贡献。之后，谢晓亮又携手其他科研人员，为新冠疫苗加强针的推出提供了重要的理论基础。

纵使荣誉满身，谢晓亮仍步履不停。他知道，要赶上科技最发达的美国，中国任重道远，但他相信，中国已经蓄势待发，等待一鸣惊人的契机。

他时常想起 2008 年夏天，他坐在北京的体育场里，看见中国健儿争金夺银，在金牌榜上取得优异成绩，他在内心问自己："中国什么时候能在科学技术这块领域上拿这么多金牌？"他相信只要奋进，就指日可待，中国正迈步走在科技强国的大道上。

十年来，在以习近平同志为核心的党中央领导下，在全国科技界和广大科技工作者的共同努力下，我国科技事业发生了历史性、整体性、格局性重大变化，成功进入创新型国家行列，走出了一条从人才强、科技强，到产业强、

经济强、国家强的发展道路。

全社会研发投入从 2012 年的 1.03 万亿增长到 2021 年的 2.79 万亿元，世界知识产权组织发布的全球创新指数排名，中国从 2012 年的第 34 位上升到 2021 年的第 12 位。

2021 年全国技术合同成交额达 3.73 万亿元，超过全社会研发投入 2.79 万亿元，是十年前的 5.8 倍。

加大资金投入的同时，为科学家的发展提供了诸多便利环境与政策，以谢晓亮为首的科学家们，掀起了一场回国浪潮，如今已经有不少的科学家回归到了祖国的怀抱当中，开始用自己的技术和头脑为国效力。

一个又一个科学家不畏艰难、无私奉献，为科学技术进步、人民生活改善、中华民族发展作出重大贡献，书写了一曲从科技救国、立国到科技兴国、强国的壮美时代之歌。

【范勇】

汗水浇灌心中梦想，双手开拓美好生活

【十年掠影】

2016年，范勇成为一名小队长，带领50多名工人干活。成为管理人员后，他的收入也比以前增加了20%。

2019年，带领着一支数十人的队伍，范勇先后参与了京沈高铁、武汉地铁、徐州地铁等项目建设。走南闯北的生活不仅开拓了他的眼界，收入与6年前相比也翻了一番。

如今农民工收入不同以往，一名成熟的钢筋工月收入可达六七千元。"高薪"聘用技术工人已经成为大趋势。随着收入提高，进城务工人员越来越能挺起腰板了。

地铁作为看不见的"城市动脉",昼夜不息地为城市发展注入生机与活力。在北京,这些如根茎般纵横交织的线条,不仅铺开了整座城市的地理空间,也承载着日以千万计的城市人口流动,凝聚着无数农民工的辛劳与付出。他们背井离乡,吃、住都在工地,一干就是几年,才有了城市日新月异的变化。

作为农民工大军的一员,钢筋工范勇在北京地铁 8 号线上留下了毕生难忘的回忆。2013 年春节前夕,他和家人在工地的宿舍里,受到了习近平总书记的亲切问候,并上了当天的《新闻联播》。

带着这份特殊关怀,范勇同其他散落在全国各地的农民工,脚踏实地,孜孜矻矻,渴望用双手改变生活的轨迹,用劳动书写生命的意义。在时代的变迁中,他们融入城市,加快城市建设,成为共圆美丽"中国梦"中一股势不可当的磅礴之力。

◉ 来自总书记的温暖问候

2013 年 2 月 8 日,农历除夕来临之际,习近平总书记顶着凛冽的寒风,来到北京地铁 8 号线南锣鼓巷站施工工地,看望慰问节日期间仍坚守岗位的一线劳动者,向他们致以新春祝福。

习近平总书记强调,农民工是改革开放以来涌现出的一支新型劳动大军,是建设国家的重要力量,全社会一定要关心农民工、关爱农民工。要安排好他们在节日期间的生活,使他们过上有意义、很愉快的春节。

听说工地为了让工人们安心工作,特意为异地团聚过年的家庭安排了有新被子和空调的"夫妻房"。习近平总书记沿着窄小的楼梯,走进工地宿舍楼,走进范勇的临时小家——一间十多平方米的简易板房，门上贴着红色的福字。

为了加快工程进度，这是范勇连续第四年主动留在工地过年。有妻子和女儿前来陪他，能和几十个工友一起开联欢会、包饺子、做游戏，范勇没有身在他乡的漂泊感，也没有感到"年味"的缺失。当天，他知道有领导要来，但他没想到那位领导就是习近平总书记。

"下午3点，他走进我屋子时，我特别吃惊，别提多紧张、多兴奋了，但总书记亲切地问我'过年好'，还问我'老家是哪里的''挣多少工资''在北京的生活怎么样'。"如老友般的握手，拉家常式的问候，让范勇感受到了总书记的和蔼可亲，"一点架子都没有"。

范勇放松下来，介绍他的工作、收入和生活情况。习近平总书记听后特意叮嘱他，家人来一趟不容易，看看北京的景点，好好团聚一下，特别是最能体现中华文化博大精深和源远流长的故宫，特别有意思。

此外，对于范勇7岁的小女儿婧婧，习近平总书记还贴心地准备了一个装满文具的书包，鼓励她好好学习，天天向上，争做国家栋梁。时至今日，婧婧依旧保存着这个书包，连同记忆中的美好画面以及总书记的殷切期许。

待总书记离开后，范勇立刻给河南信阳老家的亲朋好友拨了电话，描述了刚刚发生的事情，让他们也高兴高兴。他知道，这份特殊的温暖不仅是送给他的，更是送给上亿个像他一样为中国的城市建设默默付出的农民工工友的。

◉ 唯有奋斗，方有所得

出生于河南信阳的范勇，曾和祖祖辈辈一样靠种植茶叶为生，但他渐渐发现，种植茶叶不仅不能带来高收入，而且每到采茶季节，如果不能在较短的时间内采完茶叶，一年的收入就泡汤了。于是，2006年，随着小女儿的出生，42岁的范勇决定外出务工，希望以此改善家庭生活条件。

多年来，从广州到天津，从北京到武汉，中铁十四局的项目到哪儿，范勇就跟到哪儿、干到哪儿，用技术赢得认可，靠技能换取财富，为各大城市发展注入活力与动力。走南闯北的生活，不仅开拓了他的视野，也让他的收入节节高。

2013年见到习近平总书记时，范勇已经从一名钢筋工成长为钢筋工长，工资也从最初的两三千元增加到五六千元。总书记勉励他，要好好地干，努力提高技术。

范勇介绍说，钢筋工这一工种，看似费力气，实则特别考验技术。用什么型号的钢筋，从哪里打弯，弯成什么形状，都是技术活。如果一名工人既会看图纸又会绑扎钢筋，那他的待遇就会相当可观。

带着这样的想法，范勇虚心求教，细心观察，向施工现场的工友们学习，向公司的技术人员学习。日积月累中，他的技能得到了很大的提升，无论是绑扎钢筋还是制模板，不输队里任何一个人。

2014年，范勇晋升为"挑大梁"的工地班长。尝到甜头后，他将这份"只要肯出力，就能挣到钱"的好差事，陆续介绍给100多名老乡和朋友。新来的工人不熟悉工作，他手把手耐心教导，帮助他们更好地融入环境。

范勇时常告诉工友："光有技术是不行的，必须要懂技术。没有学不会的技术，只要虚心肯学，慢一点，也是能学会的。""要在保证安全的情况

下提高自己的技术、提高自己的觉悟、提高自己的收入。有了技术，收入才能高一点，才能改变自己的生活。"

功崇惟志，业广惟勤。当下，随着高薪聘用技术工人成为大趋势，抛开各种强有力的保障和福利政策，普通钢筋工一年能挣七八万元，技术好一点的一年能挣十几万元。可观的收入改变了他们的生活，更让他们越来越能挺直腰板。

范勇开心地说，外出务工的第二年，他就用赚来的钱在老家盖了新房，并添置了一辆电动车，之后他又在镇上买地盖房，带领全家搬离山区。等退休了，范勇要回到老家享受田园生活，日出而作，日落而息，开发绿色食品。

◉ 关心农民工，关爱农民工

范勇说，现在每次从北京回老家，他都要乘坐地铁 8 号线到西站。站在晃动的车厢里，当初修建车站时的点滴，穿过幽暗的隧道，向他涌来，将他包裹，让他发自肺腑地感到骄傲和自豪。

范勇还说，每当有人问女儿"你爸爸是做什么的"时，女儿都会骄傲地说："我爸在中铁十四局修地铁。"2021 年暑假，女儿再次来到北京的工地，还戴着安全帽到施工现场转了转，了解熟悉父亲的工作环境。

范勇一家的经历切实表明，在新时代的中国，数量庞大的农民工群体不再是城市的"外来者"，他们的获得感、幸福感和安全感得到全面提升，对自身工作的价值越来越认可。这种内在的蜕变，离不开外部环境的改变。

一直以来，习近平总书记始终把农民工群体放在心上，他不断强调，"把涉及农民工的政策落实好，并在实践中不断完善""全面建成小康社会离不开农民工的辛勤劳动和奉献，要更多关心、关爱农民工，特别是不能拖欠、克扣农民工工资，维护好农民工合法权益。"

在总书记的带领下，党的十八大以来，从《国务院关于进一步做好为农民工服务工作的意见》到《保障农民工工资支付条例》，再到《拖欠农民工工资失信联合惩戒对象名单管理暂行办法》，中国出台了一系列重大政策，推出了一系列重大举措，进一步维护农民工的劳动权益，提升农民工的社会地位。

未来，我国还将继续落实以人为本的发展思想，努力让农民工实现体面劳动，促进农民工市民化，让他们进城有工作、上岗有培训、劳动有合同、报酬有保障、参保有办法、子女有教育、住宿有改善、维权有渠道、生活有文化、发展有目标。

改革开放催生了农民工群体的出现。从"离土不离乡、就地进工厂"到"离土又离乡，进城进工厂"，再到"提升技能、融入城市"的市民化新阶段，他们用汗水开拓出通往美好生活的康庄大道，用双手书写着属于自己的时代价值。

今天的中国，农民工群体达到近 3 亿人，他们规模之大、流动之大、贡献之大、潜力之大，在世界范围前所未有。随着我国开启全面建设社会主义国家新征程，向着第二个百年奋斗目标迈进，千千万万个像范勇一样的农民工，必将凝聚成一股举世无双的磅礴力量，为实现伟大复兴的中国梦贡献自己的勤劳与智慧。

党的十八大以来，我国加快建设"八纵八横"高速铁路主通道、"71118"国家高速公路主线、世界级港口群、世界级机场群，综合交通网突破600万公里，2012年到2021年底，铁路、公路增加里程约110万公里，高速铁路、高速公路对20万以上人口城市的覆盖率均超过95%，公路广泛覆盖。

目前，高速公路通车里程超过16万公里，公路网密度达到每百平方公里55公里，比2012年增长24.6%。

十年来，我国累计新建改建农村公路约253万公里，解决了1040个乡镇10.5万个建制村通硬化路的难题；农村公路总里程从2011年底的356.4万公里增加到2021年底的446.6万公里，增加90多万公里。

这十年，铁路固定资产投资累计超过7万亿元，增产里程5.2万公里，到2021年底，全国铁路营业里程达到15万公里，其中高铁4万公里，基本形成了布局合理、覆盖广泛、层次分明、安全高效的铁路网络。

一项项令人瞩目的成就背后，不计其数的农民工在为中国各项事业艰辛劳作，为按时竣工放弃陪伴家人的时光，条条大路由他们辛勤的双手打造，栋栋建筑凝聚他们的心血。

平凡孕育着伟大，也是这平凡中蕴含着荣光，正是这一个个平凡的农民工，用汗水浇灌出通往美好未来的康庄大道。

【杭州城市大脑运营指挥中心】

科技赋能，开启居民智慧生活

【十年掠影】

2014 年，杭州交通拥堵程度全国排名第 2，为了从技术角度解决城市拥堵，杭州城市大脑总架构师、中国工程院院士王坚博士在 2016 年 9 月提出了建设城市大脑的设想。两年后，杭州交通拥堵排名下降到全国第 35 位。

看到了城市大脑"治堵"的威力，2018 年，杭州尝试将其功能延伸至城管、卫健、旅游、环保等领域，从"治堵"向"治城"转变。

如今，城市大脑已经打通 50 多个部门、单位的 760 个数据系统，日均协同数据 2 亿余次。

在悄无声息之中，"城市大脑"让冰冷的数据有了真正的价值，让城市会思考，让生活更美好。

《朗读者》中有这样一段令人印象深刻的开场白："城市是人类最伟大的发明，它容纳一切生活的轨迹。在城市里，每一条街，每一栋楼的背后，都藏匿着一片天地……人们为了生活聚集在城市，也将为了更好的生活而继续聚集下去。"

城市从不是钢筋水泥的简单堆砌，它是生命体、有机体，最大限度地放大了人类合作的力量，为人类带来更多福祉。然而，随着城市规模的扩大，一系列"城市病"也随之而来。如何让城市更聪明、更智慧？是推进国家治理体系和治理能力现代化必须思考的课题。

2016 年，"人间天堂"杭州敢为人先、勇立潮头，率先在全球提出并实施城市大脑建设。从"数字治堵"到"数字治城"再到"数字治疫"，围绕民生需求，城市大脑的治理能力不断提升，治理成效持续显现。

◉ 从"数字治堵"到"数字治城"

"'世界上最遥远的距离'，是红绿灯跟交通监控摄像头的距离。它们都在一根杆子上，但从没通过数据被连通过。"中国工程院院士、杭州城市大脑总架构师王坚这样表达交通不畅的原因，而这也是城市大脑诞生的起点。

2016 年 4 月起，本着"让城市会思考，让生活更美好"的理念，杭州以交通领域为突破口，试点先行城市大脑，探索智慧城市建设。

通过大数据、云计算、人工智能等前沿技术，城市大脑通过智能中枢，以智能调控交通信号灯、全天候"体检"城市道路、自动发现城市道路警情、开通"绿色救援"通道等为重点，助力提升杭州交通治理水平，便捷民众出行。

"以前早上开车上班，常会在一两个路口堵上很久，自从去年新增了几条可变车道后，感觉堵车时间缩短了些。"家住杭州滨江的周先生分享了自己通勤路上的切身体会，这正体现了城市大脑的出发点：以民为本，全心全意为人民服务。根据高德交通发布的报告，杭州在百城拥堵指数中的排名，已从2013年的前3位降到2020年的第31位。在城市大脑的帮助下，"堵城"摇身一变，成了治堵典范之城。

城市治理首要任务是实现民众的期待，"数字治堵"卓有成效之后，城市大脑根据群众需求不断进化，逐步实现城市的综合治理，向"数字治城"迈进。

从"先看病后付费"，到停车"先离场后付费"，再到涉及文化旅游、市场管理等多领域的智能服务，杭州城市大脑围绕经济、政治、文化、社会、

生态文明五个方面，已形成 11 大系统、48 个场景同步推进的良好局面，率先推出"无杆停车场""20 秒入园、30 秒入住"等服务。

"以前最怕开车来医院，绕着医院转好几圈也不一定能找到停车位，最长一次等了一个小时才停好车。现在看一眼就知道哪有空车位，停车很快。"城市大脑的最大见证者和受益者，是居住在杭州的老百姓。

根据《中国城市数字治理报告（2020）》，杭州实现"二线城市弯道超车"，数字治理水平位居全国第一。与此同时，在一项针对 45 个城市居民的数字生活满意度问卷调查中，杭州同样高居榜首，完美诠释了什么叫"城市有大脑，人民更幸福"。

从"治堵"到"治城"的跨越，绝非一次简单的改进，需要涅槃式的突破、破茧般的蜕变。没有技术专家的冲云破雾，就不会有"全国数字治理第一城"的破蛹成蝶。

◉ 从"数字治城"到"数字治疫"

2020 年初，中国迎来了一场突如其来的大考——新冠肺炎疫情。

危与机总是同生共存、相伴相随，一个民族的生命力在面对磨难和灾害时得到锤炼，一个国家和地区的治理体系和治理能力在应对风险挑战中经受检验。

以"数字经济第一城"为发展目标的杭州，充分发挥城市大脑的优势，统筹推进疫情防控和经济社会发展"两手抓"，不仅能够助力中国迅速复工复产，还能在长期推进社会治理现代化方面提供杭州样本、贡献杭州智慧。

从"新型冠状病毒疫情趋势感知场景"，到"企业复工数字平台"，再到"杭州健康码""亲清在线"数字平台，转入"战时状态"的城市大脑，完成防疫与复工的两难任务，帮助杭州实现"健康证明数字化、人员管控精准化、全市出行便捷化、企业复工高效化"。

短短一周内，健康码踏着"杭州速度"推广至全国各地，以一种高效、便捷、低成本的方式，及时为疫情防控拉起一道严密的数字屏障，助力全国快速"动起来"。未来，健康码有望承载更多功能，继续发挥长效机制，真正成为民众的数字化"健康卫士"。

"那段时间每天睡两三个小时，产品上线前半小时一迭代，上线后半天一迭代。""几天没回家了，听说孩子要把我开除家籍。""比起李院士和这些天使，我熬几个夜算什么。"千千万万研发人员心怀使命感和责任感，加班加点，不眠不休，才将原本需要按月开发的应用压缩至以小时计算。

从"数字治城"到"数字治疫"，杭州城市大脑平台交出了一份漂亮答卷，证明智慧平台不仅可以"锦上添花"，还可以"雪中送炭"，救一座城市甚至一个国家于水火之中。

2020年3月31日，怀着对城市治理如何切实提高人民群众幸福感的关心，习近平总书记来到了位于西湖区云栖小镇的城市大脑运营指挥中心。他肯定了杭州运用城市大脑推进城市治理体系和治理能力现代化的阶段性成就，并为杭州数字化转型等指明了方向。

习近平总书记强调，推进国家治理体系和治理能力现代化，必须抓好城市治理体系和治理能力现代化。运用大数据、云计算、区块链、人工智能等

一张网

区外发热人员　今日 0　累计 2195

发热人员　今日 23　累计
区内发热人员　累计 13913

集中隔离　今日 0　累计 195

分类管控　今日 4　累计 9208
居家观察

无需管控　今日 2　累计 5343

留院观察　今日 0　累计 837

一机制

地区指令 7

人员指令 2156

交办 384　**********
指挥 129　**********
心理 2288　**********

处置交办

可视化指挥

心理服务

前沿技术推动城市管理手段、管理模式、管理理念创新，从数字化到智能化再到智慧化，让城市更聪明、更智慧，能够高效推进城市治理体系和治理能力现代化，前景广阔。

◎ 城市大脑从杭州走向世界

王坚曾自豪地表示，就像罗马挖掘第一条下水道，伦敦修建第一条地铁，纽约构建第一个电力系统，城市大脑作为一个全新的城市基础设施，是杭州献给世界的一份礼物，为世界城市的发展作出"中国贡献"。

时光荏苒，岁月如梭，站在"两个一百年"奋斗目标历史交汇点上，这一宏伟蓝图正一步步照进现实。

"一流城市要有一流治理，要在科学化、精细化、智能化上下功夫。既要善于运用现代科技手段实现智能化，又要通过绣花般的细心、耐心、巧心提高精细化水平，绣出城市的品质品牌。"

截至 2020 年，中国已经有近 500 个城市宣布启动城市大脑建设计划，几乎涵盖了所有副省级以上和地级市，建设规模超过数百亿元资金。从上海到郑州再到海口，不同规模和层级的城市都在积极探索具有各自特色的城市大脑建设，我们的城市变得越来越"聪明"。

放眼全球，2018 年，城市大脑首次出海，来到了距离杭州 3000 公里外的马来西亚吉隆坡，以云计算及人工智能技术支持马来西亚进行数字化转型。随着国家大数据战略和"一带一路"建设的推进，城市大脑在全球的数量超过 1000 个，"中国智慧"正闪耀全球。

未来，城市大脑还将不忘初心、奋力前行。当世界各国的城市大脑走向成熟、实现连接之后，企业孤岛、行业孤岛、地区孤岛等将被打破，世界范围的城市大脑最终会形成一个统一的"世界神经系统"，推动人类社会协同发展，为构筑人类命运共同体奠定基础。

在这个过程中，除了不断提高城市管理水平，城市大脑更要以无私之心、承担传递温情、人文关怀和人文精神的责任，带着人性化的"温暖"为群众排忧解难，最大程度提升群众的获得感、幸福感、安全感。

中国科技发展到现在的水平，不只是追赶，还要引领。当美国等发达国家的居民还在用支票支付水电费时，中国老百姓已经能"一部手机走天下"，生活中的微小不同体现的是中国发达的互联网基础设施建设体系，中国数据存储技术的飞跃以及科技水平的高速发展。

全面建设社会主义现代化国家，必须坚持科技为先，杭州城市大脑，犹如春雨润物细无声，改变着一座城市，未来或将改变整个世界！

伴随着网络强国、宽带中国、"互联网+"行动，这十年，我国信息通信业实现迭代跨越，建成全球规模最大、技术领先的网络基础设施。

其中，光纤网络接入带宽实现从十兆到百兆再到千兆的指数级增长，移动网络实现从"3G 突破"到"4G 同步"再到"5G 引领"的跨越。

2012 年，全国移动电话基站数刚刚突破 200 万个，到 2021 年末，这一数字达到了 996 万个。目前，我国已历史性实现全国行政村"村村通宽带"，宽带网络平均下载速率提高近 40 倍，4G 基站规模占全球总量的一半以上，建成 5G 基站达到 161.5 万个。

遍及全国的信息基础设施为建设数字社会、数字政府提供了有力支撑。在电信新技术的引领下，电子商务、电子政务、远程办公等互联网应用全面普及，移动支付年交易规模达 527 万亿元，发达的信息基础设施网络彻底改变了民众的生活习惯。

互联网在生产领域的应用也正在加速拓展深化，截至目前，我国工业互联网高质量外网覆盖全国 300 多个城市，培育较大型工业互联网平台超 150 家、连接工业设备超过 7800 万台（套），工业互联网应用已覆盖 45 个国民经济大类。

这样的"数字基建"不仅是数字经济发展的基石，更成为优化经济结构、促进经济中长期可持续发展的重要引擎。

数字化技术的发展与我们的生活息息相关，杭州城市大脑为数字化技术赋能市民生活探索出了一条新路径，从数字治堵到治疫，杭州积极探索为城市治理交上一份杭州方案，未来还将有更多城市积极探索出现多种方案，互联网结合城市治理还将迸发出更多火花，智慧城市让生活更美好！

【中国科学院深海科学与工程研究所】

逐梦海洋，向惊涛骇浪进发

【十年掠影】

2012年6月，"蛟龙号"载人潜水器在马里亚纳海沟下潜至7062米，创造了中国载人深潜新纪录，同时也是世界同类型载人潜水器的最大下潜深度。

2017年10月，历时八年攻关，中国第二台深海载人潜水器——"深海勇士号"在南海海试成功，为深海载人深潜高端装备实现"中国制造"探索了一条切实可行的路径。

2020年，"奋斗者号"在马里亚纳海沟成功坐底，创造了10909米的中国载人深潜新纪录。

2021年，我国自主研发的"奋斗者"号载人潜水器搭乘"探索一号"科考船，在马里亚纳海沟完成了我国第二阶段的科考任务，标志着我国在万米深海的下潜次数和人数均排在了世界首位。

太平洋底，马里亚纳海沟是全球最深的海沟，其最深处"挑战者深渊"超过 1.1 万米，相当于"世界之巅"珠穆朗玛峰叠加西岳华山的海拔高度。这片如外星球般漆黑、冰冷的神秘世界，让无数海洋科学家魂牵梦萦，是大国海洋科研实力的比拼之地。

2020 年 11 月 10 日，由中国自主研制的"大国重器"——"奋斗者号"全海深载人潜水器，坐底"挑战者深渊"，创造了中国载人深潜新纪录，也是世界上首次同时能将 3 人带到海洋最深处。万米深海从此不再对中国人紧闭大门，建设海洋强国的前景如画卷徐徐展开。

◉ 直面挑战，攻克技术

万米海底妙不可言，那里蕴藏着生命起源的奥秘，还有油气、矿产等数不尽的资源。挺进深海，对我国建设海洋强国，对人类可持续发展至关重要。在"奋斗者号"之前，人类历史上只有 3 次载人潜水器挑战马里亚纳海沟万米深渊的经历，且多是探险型。

形势逼人，挑战逼人，使命逼人。"奋斗者号"的万米之路举步维艰，10909 米这个举世瞩目的数据来之不易。

这其中，最大的挑战在于超高压强。在马里亚纳海沟最深处，水压超过 110 兆帕，相当于 2000 头非洲象踩在一个成年人背上，在指甲盖大小的地方压上一辆重型卡车。

"载人舱作为整个潜水器里规格最高的一个耐压容器，制作材料十分特殊，其成败直接关系着整个潜水器的成败。国际上没有制造先例，也找不到国外厂家生产，唯一的出路就只有我们自己造。"面对万米载人深潜最大的"拦路虎"，中国科学院金属研究所研究员、全海深载人潜水器载人舱项目负责人杨锐及其团队愈战愈勇。

自力更生是中华民族自立于世界民族之林的奋斗基点，自主创新是我们攀登世界科技高峰的必由之路。实践反复告诉我们，关键核心技术是要不来、买不来、讨不来的。只有把关键核心技术掌握在自己手中，才能从根本上保障国家经济安全、国防安全和其他安全。

功夫不负有心人，历时数年，翻阅所有能找到的相关文献，经过成千上万次优化测试，杨锐带领的"国家队"终于攻克了载人舱材料、成型、焊接等一系列关键技术瓶颈，建造出宽敞且结实的载人舱。

与此同时，科研团队还攻克了浮力材料、锂电池、推进器、海水泵、机械手、声学通信、液压系统、水下定位、软件控制、成像声呐等关键设备和核心技术难题，为"奋斗者号"安上"超级大脑"和"灵巧双手"，使其成为全球载员人数最多、海底作业时间最长、作业能力最强的载人深潜装备。

万米潜水器"奋斗者号"的横空出世，不仅刷新了中国载人深潜的新纪录，更在多个关键技术和重要材料领域实现国产化核心技术的突破，国产化率超过 96.5%。可以形象地说，"奋斗者号"有着一颗强大的"中国心脏"。

"不是国产化，而是国产，这个'化'字也可以去掉了。"一字之差，凝聚了中国科研人员从追赶到领跑的奋力付出，标志着中国深海装备技术自主创新水平的显著提升，体现出中国的科技自信和民族自信。

◎ 牺牲小我，成就大我

"奋斗者号"的成功，离不开中国科学院深海科学与工程研究所（以下简称"深海所"）的科学家们。这群"最美奋斗者"，秉承"严谨求实、团结协作、拼搏奉献、勇攀高峰"的中国载人深潜精神，为中国建设科技强国、海洋强国添砖加瓦，为实现中华民族伟大复兴的中国梦而努力奋斗。

2011年，深海所由海南省人民政府、三亚市人民政府和中国科学院三方联合共建，位于中国海南省三亚市鹿回头半岛。凭借果断的工作作风和突出的业务能力，这个成立仅11年的研究所，迅速成长为中国深海科研的主力军，是中国科研人员心中的"世外桃源"。

2016年，"奋斗者号"作为国家重点研发计划"深海关键技术与装备"重点专项核心任务正式立项，深海所成为海试任务的牵头组织单位和"奋斗者号"的业主单位。

"我们感到任务艰巨，责任重大。因为挺进万米是一个世界级的难题，过去很多国家和科技人员都'望洋兴叹'。"回忆起团队当初接到海试任务时的心情，深海所首席顾问刘心成如是说。

为有牺牲多壮志，敢教日月换新天。深海所等20家科研院所、13家高校、60余家企业的近千名科研人员，带着好奇心、责任感和使命感，肩负起开展核心技术攻关的重任。他们"不问单位，只问岗位"，互相信任、互相促进、互相补台，形成了深海科技领域的战略科技力量。

为了如期完成科研任务，"奋斗者号"背后的"深海人"，始终保持一种高度紧张的状态，加班加点是常态，离家舍亲也在所难免，牺牲小我，成就大我，不舍昼夜，任劳任怨，"做隐姓埋名的人，干惊天动地的事"。

2020年初，新冠肺炎疫情来势汹汹，"奋斗者号"进入到繁忙的总装联调和水池试验阶段。尽管国家允许在原有任务书的要求下推迟半年完成，但深海所及载人深潜团队同疫情作斗争，争分夺秒，按节点高质量完成全部计划内容，为海试的如期开展和顺利完成奠定了坚实的基础。

2021年3月，"奋斗者号"在三亚正式交付，深海所正式负责"奋斗者号"的后续运维与管理。基于前期对"深海勇士号"的运维，深海所将带领"奋斗者号"完成它科学考察的使命，推动它在我国深海深渊科学研究、海洋资源调查、应急救捞等工作中发挥更大作用。

海洋科考非常辛苦，大风大浪是家常便饭。来自深海所的年轻科考作业团队敢打敢拼、攻坚克难，多次下潜超万米进行深渊科考，带回丰硕的深渊底部生物、沉积物、岩石等珍贵样品，还带回了相关视频和数据，帮助人类进一步关心海洋、认识海洋、经略海洋，推动我国海洋强国建设不断取得新成就。

◎ 勇往直"潜"，后来居上

中国对于海洋强国战略的思考由来已久，孙中山先生曾说："国力之盛衰强弱，常在海而不在陆，其海上权力优胜者，其国力常占优胜。"

然而直到本世纪初，中国载人深潜技术几近空白。从无到有，从有到自主创新，中国科学家后来居上，不断攻克各类技术难题，拉近我国深海探索技术与国际先进水平的距离，特别是近十年来，中国在载人深潜领域接连交出亮眼的成绩单。

2012 年 6 月，"蛟龙号"载人潜水器在马里亚纳海沟下潜至 7062 米，创造了中国载人深潜新纪录，同时也是世界同类型载人潜水器的最大下潜深度。中国人"下五洋捉鳖"的夙愿终得实现，中国在由海洋大国转变为海洋强国的征程中又迈出了坚实一步。

2017 年 10 月，历时八年攻关，中国第二台深海载人潜水器——"深海勇士号"在南海海试成功。"深海勇士号"在"蛟龙号"研制与应用的基础上，进一步提升核心技术及关键部件自主创新能力，国产化率达到 95%，为深海载人深潜高端装备实现"中国制造"探索了一条切实可行的路径。

2020 年 11 月，中国首艘万米级载人潜水器——"奋斗者号"在马里亚纳海沟成功坐底，深度 10909 米，标志着我国具有了进入世界海洋最深处开展科学探索和研究的能力，体现了我国在海洋高技术领域的综合实力。

除了三台深海载人潜水器，我国还有"海斗""潜龙""海燕""海翼"

和"海龙"等系列无人潜水器，已经初步建立全海深潜水器谱系，并不断实现了深海装备技术发展的新突破和重大新跨越。

从推开深海一条门缝，到打开深海大门，中国深潜这个宏大目标，是老一辈科学家用肩膀托起来的，是一场艰苦卓绝的接力，关乎传承与发展，关

乎守正与创新。

向海图存、向海图兴、向海图强，经过几代科学家的不懈努力，中国海洋科技劈波斩浪，实现了从零起步，到跟跑、并跑，再到某些方面实现领跑的跨越式发展。随着"21 世纪海上丝绸之路""海洋命运共同体"等倡议的提出，中国必将在探索海洋的道路上越潜越深、越行越远，为全球海洋治理贡献"中国智慧"。

习近平总书记曾说："中国要强盛、要复兴，就一定要大力发展科学技术，努力成为世界主要科学中心和创新高地。我们比历史上任何时期都更接近中华民族伟大复兴的目标，我们比历史上任何时期都更需要建设世界科技强国！"

正值"两个一百年"奋斗目标历史交汇期，以深海所为代表的广大海洋科技工作者，将牢记习近平总书记的殷切嘱托，继承发扬"严谨求实、团结协作、拼搏奉献、勇攀高峰"中国载人深潜精神，把握大势、抢占先机，直面问题、迎难而上，努力实现高水平科技自立自强，为建设海洋科技强国作出更大贡献。

惊涛骇浪间，深海所将驾驶更多像"奋斗者号"一样的大国重器，带领中国潜向更广袤深蓝！

21 世纪是海洋的世纪，我国有 1.8 万多公里的大陆海岸线，约 300 万平方公里的管辖海域，蕴藏着极为丰富的资源。

党的十八大报告首次提出"建设海洋强国"，这是我们必须牢牢抓住的历史机遇。随着我国参与经济全球化和区域经济一体化程度不断加深，海洋越来越多地涉及我国战略利益，牵动我国经济命脉，影响我国安全稳定。

　　海洋既是维系国民经济持续发展的新的增长点，又是确保国家安全稳定的战略支撑点，还是实现"和谐世界"政治主张的重要关节点。海洋强国就意味着经济强国，海洋安全就意味着国家安全。

　　在广大海洋工作者的努力下，越来越多的大国重器相继亮相世界舞台，海洋强国的美好愿望正从梦想一步步成为现实。

○ 七星农场
智慧农业，奏响粮食丰收奋进曲

○ 山河智能
自主创新，铸就大国发展引擎

○ 石油钻井平台
向海图强，海上也有『王进喜』

○ 边防官兵
无畏坚守，甘当界碑

第二章

十年奋斗

THE DECADE — STRUGGLE

○ 蒋维明
以茶为媒，传承中国文化

○ 河南街道马鞍山村
因地制宜，贫困村蹚出金光大道

○ 陕西柞水金米村
小木耳铺就幸福路

○ 潘安湖街道马庄村
贯彻新发展理念，打造绿色新名片

面对浩浩荡荡的时代潮流，面对人民群众过上更好生活的殷切期待，我们不能有丝毫自满，不能有丝毫懈怠，必须再接再厉、一往无前，继续把中国特色社会主义事业推向前进，继续为实现中华民族伟大复兴的中国梦而努力奋斗。

——习近平

奋斗

大鹏一日同风起，扶摇直上九万里，
源远流长的中华优秀传统文化孕育了许多拼搏奋进的中华儿女。
今天，面临历史性大变革，
站在更广阔的舞台上，
各行各业的中国人勇于追梦、勤于圆梦。
每一个追梦的姿态，都被定格为历史；
每一滴奔跑的汗水，都将浇灌出未来；
每一声有力的呐喊，都将汇聚成雄浑的时代潮音。
他们，用平凡的脚步走出伟大的征途，用平凡的双手承托伟大中国梦。
世上无难事，只要肯登攀，
过去十年，中华儿女向世界证明了他们的志气与骨气；
展望未来，他们也必将在中国梦的指引下继续乘风破浪！

【蒋维明】

以茶为媒，传承中国文化

【十年掠影】

2013 年，蒋维明创立黑茶品牌，从最初 300 平方米的非遗手工作坊，到 2019 年已达到总面积约 3000 平方米的传统非遗技艺＋实践教学＋现代生产管理的"专而精、精而美、美而特"的非遗传习坊——2019 年四川省文化旅游厅公布的首批四川省非物质文化遗产项目体验基地。蒋维明将已面临消失的西路边茶茶马文化、黑茶技艺重新推向了消费市场。2020 年 8 月，中央党校学员茶舍专门为"茶祥子"免费提供展示推介窗口。2021 年 8 月，在九寨鲁能美丽汇藏羌非遗博物馆建立展售窗口，弘扬茶业非遗文化。

若是来汶川映秀，一定要到"茶祥子"坐一坐。几方木桌，两壶黑茶，阳光和暖，茶香氤氲，世界顷刻间变得幽静，思绪随茶水任意游走。

在"茶祥子"喝茶都是免费的，从 2012 年至今，每天早上八点半，老板蒋维明都会端出一壶好茶，回馈四面八方赶来的人。无论是本地人还是游客，都喜欢在这歇歇脚、聊聊天，渐渐就有人称这里是"映秀会客厅"。

映秀"茶祥子"荣获第二批"四川文创集市"称号，不断擦亮汶川天府旅游名县招牌，增强汶川文化软实力。

春去冬来，岁月如梭，昔日茶马古道上的小茶室，已沿着"一带一路"走向世界。蒋维明淡淡地说："采好一份茶叶，泡一壶好茶，做一个好人，这是我的不忘初心。"

◎ 感恩之茶，带领群众脱贫致富

2008 年的汶川地震，让全世界记住了映秀，也让蒋维明这个做茶的民间散人，萌生出强烈的家国情怀：过好自己的日子还不够，有大家才有小家。

四年后，在映秀灾后重建的关键时期，蒋维明背着两口铁锅、一床被子，毅然决然地从雅安来到映秀，希望以自己的绵薄之力带动当地茶产业发展。

世上无难事，只要肯登攀。蒋维明惊喜地发现，映秀这片古丝绸之路上

的灵秀山地，地处干旱河谷与湿润河谷接壤交汇处，气候多变、温差大，有利于茶叶集聚营养物质，空气湿润、气雾环境，有利于茶叶集聚甘甜物质。

望着一株株上百年的古茶树，蒋维明心想，如果武夷山能靠三棵古茶树发展起一个产业，带动一方百姓，那映秀乃至汶川的百姓抱团取暖，共同发展，或许也能将这些"茶叶子"变成致富增收的"金叶子"。

十年来，蒋维明靠着梳理西路边茶文化，将映秀数千亩无人采摘的"荒荒茶"打造成品牌；以"技术支持＋定点收购"的方式，与超过 300 户当地茶农建立了生产合作关系，不仅保证了原茶的质量，还解决了茶农的销售难题，让茶农的腰包越来越鼓，干劲越来越足。截至 2021 年，蒋维明的茶叶收购覆盖映秀镇、水磨镇、漩口镇、卧龙镇、耿达镇等多个乡镇，采茶人员也由最初的老年人，发展到大部分村民。

在"茶祥子"逐步发展成为当地茶叶加工龙头企业的过程中，蒋维明始终坚持以高于市场价数倍的价钱收购村民们采摘的野生新鲜茶叶，直接让村民参与利润同享。每到采茶季节，他都会早早备足货款，从不拖欠村民一分一厘。他说，他最爱看的就是村民们获得酬劳时的笑脸，那是一种浴火重生后的幸福。

作为"映秀镇的亲儿子"，蒋维明不忘初心、不忘本心、不忘感恩。他赤诚地说道："房子是租来的，茶叶是老乡帮忙采的，茶坊也是有了大家才有了人气，我无以为报，只有把老乡交给我的茶叶炒好，给大家奉上一杯热茶。"

2018年春节前夕，习近平总书记来到四川映秀，考察脱贫攻坚、经济社会发展工作和灾后恢复重建发展情况。他走进"茶祥子"，察看传统黑茶制茶工序，并接受店员邀请，动手打起了象征幸福生活的酥油茶。

蒋维明激动地回忆说，总书记很关心茶产业对周边老百姓的致富带动情况，当得知"茶祥子"的茶叶原料每年能带动170多户当地群众增收100多万元时，总书记连连点头。

有了总书记的肯定和鼓励，蒋维明更感肩上责任之重大。他在心中下定决心，要再接再厉，使整个茶产业链能量更大，从管护采，到深加工、销售等，全产业链带动更多人致富，更好地融入汶川脱贫攻坚之大局。

个人一滴水，国家一片海。与此同时，当地政府对于茶产业也热情高涨，信心十足，加大力度恢复茶山，筹划古茶树的分类普查和保护，复兴茶马古道，

探索茶旅结合发展的产业道路，让老百姓的日子越过越红火。

映秀镇原党委书记蔡代敏介绍说："映秀茶原料来自古茶树，现有 10 万到 20 万株，做茶品牌不能一哄而上，要依托茶马古道文化，对古茶树实施保护性开发。茶产业是生态产业，没有品牌的保障，就不可能持续发展，也不能持续带动更多群众致富。"

◉ 文化之茶，从茶马古道走向"一带一路"

蒋维明说："我做的茶，一定要做到全国一等一。"在他眼中，茶不仅是一片叶子、一种饮品，更承载着一种茶文化。把茶做好，用中国茶讲好中国故事，是他毕生不变的追求。

多年来，"茶祥子"不收购种植茶，只收购没有使用过农药、化肥的野生自然茶；坚持专家专业指导，建立茶叶生产食品安全保障体系；建立茶叶追溯体系，所有产品的种植、采摘、加工、保存过程皆可通过应用程序查询。

在"茶痴"蒋维明的带领下，经过无数次试验研究，"茶祥子"开创了现代制茶圆融艺术，自主研发、生产出以"大土司"黑茶为代表，白茶、红茶、绿茶、黄茶、金银花、绞股蓝等系统性系列产品，向小而精、精而专、专而特的独特方向稳步迈进。

其中，"大土司"黑茶注重制茶技艺的传承、发扬和发展，不仅采用传承千年的古法技艺，还融合藏医、羌医养生理念，将历史和故事融入茶香，缓缓道出西路边茶的韵味，成为州级非物质文化传承保护产品，并斩获了第四届国际非物质文化遗产节金奖。

正是这种精益求精、勇于创新的工匠精神，蒋维明制作的精品藏茶，走出国门，走遍哈萨克斯坦、俄罗斯、乌克兰、土耳其、伊朗、希腊等二十多个"一带一路"沿线国家，深受国外饮茶人士的青睐。几年前，一位受邀访川的日本官员，甚是喜欢他的茶叶，把"茶祥子"制茶坊里的藏茶尽数买走。

2018 年 2 月，习近平总书记走进"茶祥子"考察时，称赞蒋维明的茶"做得很有文化"，并嘱托他继续做大做强，做成品牌，为"一带一路"建设多作贡献。回顾当日场景，蒋维明仍难掩激动："'一带一路'是大事，我能做的，就是让世界上更多的人爱上中国茶，也爱上中国。"

为了实现这一目标，蒋维明完成了黑茶的双创中心，成立了口味测试实验室，并在当地政府的资助下建了一个储存茶叶鲜叶的深冻库。

每天凌晨，夜阑人静时，在摆满称重器、显微镜等各种配茶器具的实验室里，蒋维明孜孜不倦地学习不同国家的茶文化和茶知识，并根据春早期、中期和晚期茶的茶性和口味侧重，一点一点地按照相应比例进行调配，以满足外国人对茶味道的独特要求。

"加点薄荷来调味，这是摩洛哥人喜欢的喝茶方式。"蒋维明边说边加入一点自己栽种的薄荷。

与此同时，蒋维明还在制茶工艺上寻求突破。他引入了一套现代化制茶机器，通过机器生产，弥补了过去靠感觉、靠想象力炒茶的缺陷，实现高效和洁净化生产，同时将传统工艺与现代管理有机结合，帮助村民更加精准地掌握制茶技艺。

短短数年，从"盛世公主号"海上丝路首航活动上唯一受邀参展的"中国茶"，到亮相圣彼得堡，再到法国巴黎的伯爵庄园、英国伦敦的子爵庄园，蒋维明研制和调配的茶，正在世界舞台上讲述中国故事，传播中国声音。

"总书记的嘱托我牢记在心，如今我们的茶卖得越来越好、越来越远，我很自豪！"

展望未来，除了让"茶祥子"被更多人所知晓，带领乡亲们勤劳致富以外，蒋维明还有一个愿望，那就是通过不断努力，把农民变成农工，农工变成技工，技工变成教练，教练变成传承人。一代又一代，薪火相传，把茶艺源源不断地传承下去。

一杯"荒荒茶"，泡出中国梦，倏忽十年过，旧地换新颜。穿过苦难与伤痛，蒋维明必将同映秀、同中国一起，用激情和信心，奋斗出一个奇迹般的新世界！

在加快自身发展与提升的同时，映秀"茶祥子"主动融入汶川脱贫攻坚大局中，每年直接从漩映地区茶农收购新鲜茶叶交易额达 200 余万元，带动了茶农持续稳定增收，为汶川加快脱贫奔小康进程作出了积极贡献。

收茶面积涵盖南部片区的映秀镇、水磨镇、漩口镇、卧龙镇、耿达镇等多个乡镇，涉及农户上千户，其中长期稳定交茶的近百户。作为茶马古道川藏线灌松古道的贯通之地，汶川产茶历史悠久，距今已有 1000 多年的历史，具有深厚的历史积淀和文化底蕴。

当年汶川所产茶叶是古代"茶马互市"销往藏区川茶的重要组成部分，为推进"茶马互市"贸易繁荣和汉藏文化交流发挥了积极作用。

以茶为媒，在芬芳馥郁的茶香中，品味中国茶文化源远流长的历史，深化茶文化交融互鉴，让更多的人知茶、爱茶，共品茶香茶韵，共享美好生活。

茶起源于中国，盛行于世界。茶的广袤、丰盈、包容，使它自古以来就成为与世界沟通联结的方式。当代，以"茶"为桥推动东西方文明交流互鉴，意义非凡。

【河南街道马鞍山村】

因地制宜，贫困村蹚出金光大道

【十年掠影】

在实施乡村振兴战略过程中，马鞍山村着力激发文明村镇创建的内生动力，绘就一幅"村强、民富、景美、人和"的乡村生活新图景，擦亮了"全国文明村镇"的金招牌。

马鞍山村抓住"三块地"改革试点机遇，把旅游资源整体"打包"，通过政策优势吸引"氿遇山居田园综合体""如美乡村特色民宿"等文旅产业项目落地，带动村民共同发展，探索出"改革聚资本"模式，交出了一份漂亮的答卷。

2021年，全村接待游客超过50万人次，实现旅游收入近500万元，旅游业人均增收2000余元，带动村民就业300余人，先后获得"中国美丽休闲乡村"、中国旅游总评榜"年度美丽乡村"等多个荣誉称号。

盛夏时节，燕山山脉深处，内蒙古赤峰市喀喇沁旗河南街道马鞍山村，绿意盎然，生机勃勃。干净整洁的道路两旁，一栋栋砖瓦房错落有致，超市、农家乐散落其间。伴随着游客们的欢声笑语，袅袅炊烟勾勒出美好生活的模样，根根藤蔓结出幸福的果实。

2019年7月15日，习近平总书记不远万里来到马鞍山村，走进村民家的小院里，同基层干部群众聊家常、话脱贫。习近平总书记嘱咐大家，产业是发展的根基，产业兴旺，乡亲们收入才能稳定增长。要坚持因地制宜、因村施策，宜种则种、宜养则养、宜林则林，把产业发展落到促进农民增收上来。

"阳光照耀马鞍山，好马更当配金鞍。"短短几年，在习近平总书记的亲切关怀下，这个昔日的革命老区、贫困山区、生态脆弱区，旧貌换新颜，成为"中国最美乡村""全国文明村镇""全国民主法治示范村"。勤劳踏实的马鞍山村村民，牢记使命，携手奋进，绘就乡村振兴新画卷，共筑美丽中国梦。

◉ 山葡萄种植产业，"紫珠珠"变成"钱串串"

马鞍山村地处北纬41度左右，耕地大多为山坡旱地，昼夜温差大、光照时间长、病虫害少、土壤有机质丰富，特别适合山葡萄种植。早在本世纪初，在一次外出考察的启发下，时任马鞍山村党支部书记的张国志，就立志要带领村民通过葡萄产业闯出一条致富路。

然而，理论与成果之间，往往是崎岖不平的。早期，苦于种植规模小、

种植模式粗放、产销分离等因素，马鞍山村的山葡萄虽然色泽好、糖分足，却难以让村民的钱袋子鼓起来。碰到市场行情不好的时候，大量山葡萄滞销，村民们还不得不含泪将自家的葡萄藤刨掉。

在这种情况下，村党支部牵头成立了两家山葡萄种植专业合作社，帮助解决销路问题，壮大村级集体经济。原本"单打独斗"的种植户们，在合作社的带领下，拧成了一股绳，心里也更踏实了。

2016年初，扶贫驻村工作队来到马鞍山村，继续帮助村民发展山葡萄产业，不但让当时正处于亏损状态的葡萄酒公司"起死回生"，还帮助种植户们联系专家，优化更新品种，"公司＋基地＋农户""种植—加工—销售"一条龙的产业链逐渐形成。

2019年，为进一步聚集产业发展合力，马鞍山村山葡萄产业联合党委应运而生，脱贫工作单兵作战局面由此打破。林草局深入田间地头，将种植技术送上门；农电局主动安装变压器，解决山坡地浇水难的问题……

在联合党委的带领下，通过互联互动、融合共享，马鞍山村真正形成了"一家人共办一家事"的良好局面。

当习近平总书记在炎炎夏日来到内蒙古考察时，看到的就是这样一个脱胎换骨、蒸蒸日上的马鞍山村：短短几年间，33户75人因栽种山葡萄实现稳定脱贫，49户116人成为葡萄酒公司股东，昔日卖不上价钱的"烧火柴""紫珠珠"，已成为漫山遍野酿造甜蜜生活的"摇钱树""钱串串"。

谈及这些变化，马鞍山村村民张国利难掩笑意："我家从2017年开始种山葡萄，一开始葡萄产量上不去，后来产量好了，销路又打不开，现在有专家给上技术课，自己摘完葡萄直接送到酒厂，非常方便，收入也更稳定了。"

"以前种山葡萄怕卖不出去，现在担心供不应求。""赶上这样的好日子，真是越干越有劲。"另一位致富能手李义，也在花甲之年迎来了幸福的"烦恼"。

"生活要无止境，像芝麻开花节节高。"在习近平总书记的殷殷鼓励下，马鞍山村将因地制宜、因村施策，做大做强富民产业，在致富路上越走越稳、越行越远。

◉ 生态旅游，找到致富第二出路

20世纪七八十年代，由于村民过度砍柴放牧，马鞍山村的生态环境急剧恶化，一度成为一座只要下大雨就发大水、人人都想逃离的荒山。

痛定思痛，马鞍山村大刀阔斧偿还生态债，特别是党的十八大以来，村里大力推进生态建设，共实施封山育林 3000 亩，人工造林 1000 亩，形成山上山下郁郁葱葱、村里村外清清爽爽的和谐景象。再加上山葡萄产业的发展，马鞍山村渐渐摸索出另一条农旅融合、绿色发展的致富新路——生态旅游，致力于将绿水青山变成乡村振兴的金山银山。

短短几年间，从纯粹的风景观光，到红酒庄园、汽车营地、射击体验场等项目的推出，再到旅游公司、旅游专线的开设，马鞍山村的乡村旅游产业逐步向多元化发展方向转变，慕名而来的游客络绎不绝。曾经无人知晓的贫困村，一跃成为赤峰市休闲度假首选地之一。

2019 年，习近平总书记的到来，更是将马鞍山村的旅游业发展推向另一个高潮：来村里旅游、考察、学习的人数翻了几番；各具特色的农家乐、民宿如雨后春笋般冒了出来；越来越多的马鞍山人吃上"生态饭"，挣上"生态钱"……

"每到旅游旺季，我们得从大清早一直忙到晚上九十点钟。我们用的都是村里贫困户自家种植、采摘的蔬菜、干果和山野菜，雇的是贫困户，还按照村里统一安排设置了贫困人员公益岗，一个旅游季下来，大家收益都很不错。"年过五旬的村民王子成，2019 年 7 月乘着东风办起了农家乐，生意好到不行。

乡村振兴了，环境变好了，在外漂泊的年轻人也陆续回来了。蒙古族致富带头人刘春廷，返乡后帮助乡亲们盖房修院，既改善了农村的居住环境，也充实了自己的钱包。他笑盈盈地告诉记者："现在村里旅游火了，在村里盖房子、搞装修，一年赚了 10 多万元，比在外边打工强多了。"

青山作证，绿水代言，只有坚守绿色发展的亮丽底色，方能收获源源不断的发展动力。在各族村民的共同努力下，马鞍山村在入选了"中国乡村旅游模范村"名录后，又于2019年获得"国家森林乡村""乡村治理示范村"等荣誉称号，在"生态立村、产业富村、旅游强村"的致富道路上越走越稳。

说到下一步的旅游产业发展，马鞍山村第一书记刘叶阳信心十足。除了生态旅游，马鞍山村将深入挖掘本土红色文化资源，建立红色教育基地，开辟红色旅游线路，让更多村民参与其中，一同向着美丽富裕的新农村建设快步迈进。

◉ 整治村貌提升素质，物质精神一起脱贫

2019年到马鞍山村考察时，习近平总书记专门走进村民家中，了解微生物降解厕所、垃圾分类处理等情况。习近平总书记指出，要继续完善农村公共基础设施，改善农村人居环境，重点做好垃圾污水治理、厕所革命、村容村貌提升，把乡村建设得更加美丽。

为了让文明乡风吹进每一条山沟，马鞍山村结合实际情况，上下齐心，主要从提升村容村貌、试行垃圾分类、推进厕所革命三个方面下功夫：

在提升村容村貌方面，秉持"要致富，先修路"的原则，为每家每户铺通水泥入户路；太阳能路灯分列道路两侧，同灯杆旗上的总书记名言金句一起，照亮村民和游客的前进方向；修缮居民住房，改造院墙，修建

花墙，目之所及皆是田园风情。

在试行垃圾分类方面，街角巷口装上分类垃圾箱，并配置小型垃圾清运车，由专人定时清运处理；把村庄卫生保洁写进村规民约，并辅以物质奖励，让村民在潜移默化中养成讲卫生、爱干净的好习惯。

在厕所革命方面，打造厕所革命试点村。马鞍山村深知厕所虽小，情系民生，关于文明，通过"户承包、村集中、旗统一无害化处理"模式，让数百户村民先后用上了室内微生物降解厕所或室外水旱两用厕所。

"改造厕所花了3500元，政府补贴了3000元。这种厕所通过微生物降解，不用水，没异味，干净又实用。"在村民张国利看来，自家能成

为"最美家庭""美丽庭院示范户"，离不开厕所革命这件不起眼的小事。

在日常点滴中，随着村容村貌改变的，还有马鞍山人的整体精神面貌。

近年来，在工作队和村支两委的主持下，村里开设了"富民课堂"，为村民讲解扶贫政策、种养技术；开办家风家训讲座，鼓励村民弘扬家庭美德，树立良好家风；开展第一书记讲党课活动，深入推进党史学习教育；发布"善行义举榜"，引导村民崇德向善，向身边好人学习。

此外，作为多民族聚集村落，马鞍山村尤其注重各民族团结奋斗共同富裕这个主题。通过举办民族团结知识竞赛、发放解读民族政策读本等，"中华民族一家亲，同心共筑中国梦"的观念早已深入人心，村民们互帮互助，相亲相爱，像石榴籽一样紧紧抱在一起。

"要说变化，变化太大啦！过去缺这缺那，现在要啥有啥，更好的日子还在后头呢。"曾经因病致贫的村民张存，在大家的关爱和帮助下，对未来充满信心。

在通往美好生活的康庄大道上，"村美、人富、产业旺"的马鞍山村，必将像葡萄藤蔓一样，用力生长，枝繁叶茂。

十年间，乡村新产业新业态蓬勃发展，各类涉农电商超过 3 万家，农村网络零售额 2 万多亿元，农产品网络零售额 4200 多亿元。

人居环境明显改善。截至 2021 年底，全国农村卫生厕所普及率超过 70％。2018 年以来，累计改造农村户厕 4000 多万户，农村脏乱差面貌明显改观。全国 95％以上的村庄开展了清洁行动，各地区立足实际打造了 5 万多个美丽宜居典型示范村庄。

特色产业蓬勃发展，带动乡容乡貌越发美丽，生活条件改善、精神文明提高。纵观中国乡村发展图景，许多乡村像马鞍山村一样，乘着脱贫攻坚的东风，顺势而上，发挥产业优势，运用科技手段，扩大品牌影响力，远销海内外。

乡村发展势头强劲，吸引更多人才加入返乡建设大潮，形成良性发展，共同建设美好家园。马鞍山村交上了一张美丽乡村建设答卷，在中国还有更多的乡村在致力于打造一条条环境友好的绿富同兴路，产业越来越兴旺，人民越来越富裕，乡村越来越美丽，是我们共同的心愿。

【陕西柞水金米村】

小木耳铺就幸福路

【十年掠影】

金米村地处秦岭深处，因交通不便、耕地不足，曾经是柞水县有名的贫困村。全村建档立卡贫困户一度有 188 户 553 人，贫困发生率高达 21.85%。

2020 年，金米村销售木耳近 6 万公斤，其中线下销售 1.85 万公斤，产值近 100 万元；电商销售木耳 10 万单 4 万公斤，销售额 300 万元。2020 年底，金米村全部脱贫，全村人均可支配收入 11000 元。2021 年，全村人均可支配收入达 15860 元。

十年间，陕西省柞水县小岭镇金米村因地制宜走绿色发展之路，把小木耳办成了大产业。全国先进基层党组织、全国民主法治示范村、全国乡村旅游重点村……村委会的荣誉墙上，一面面沉甸甸的奖牌，无声讲述着山乡巨变。

秦岭南麓，绿意纵横，陕西柞水县金米村坐落其间。这里夏无酷暑、冬无严寒，具有发展木耳产业得天独厚的条件，种植木耳的历史可以追溯到千年以前。

都说"秦岭无闲草，到处都是宝"，木耳便是其中之一。但由于交通闭塞、耕地不足等，守着宝的金米村曾经"要金没金、要米没米"，贫困发生率一度高达 21.85%，"居住在土坯，出门两脚泥"是村民们的集体记忆。

党的十八大以来，随着脱贫攻坚战的稳步推进，金米村抓住机遇，因地制宜大力发展木耳产业，将小木耳做出"大文章"，走出了一条独具特色的乡村振兴之路。

◎ 搭上政策快车，生活越来越有盼头

"过去我家种木耳少，没啥收入，全家都住着土房。这些年，我们家承包了两个大棚种植木耳，一年能多赚几万元，生活越来越有盼头。"谈及近几年的生活巨变，金米村村民陈多秀仍感觉像在做梦。

2018 年，金米村按照柞水县"一主两优"确定发展木耳产业，引进农业龙头企业，搭建木耳大棚，建设产业基地，并推出"借袋还耳""借棚还耳"等鼓励政策，让缺少启动资金的贫困户也能参与进来。合作社免费向农户提供木耳菌包和技术指导，农户自己打孔、挂袋、采耳、晾晒、交耳，最后由合作社统一收购。

此外，为了让留守老人、家庭妇女等弱势劳动力也能实现增收，金

米村还大力发展庭院经济。利用立体化种植技术，村集体统一提供木耳塔架和喷灌设施，在村民的房前屋后、菜园庭院等零散空地种植木耳。村民投资压力小，管护方便高效，可以说是伸手可及、抬脚即到、睁眼就见，在家门口就能获得高收益、高回报。

看到村里的木耳产业发展得如火如荼，年近古稀的陈多秀也想出一份力，她立刻想到了在外务工的儿子肖青松。在母亲和扶贫干部的再三劝说下，肖青松2018年秋天回到村里，承包了两个大棚，共3.36万个菌袋，并主动承担起带动另外两户贫困户的责任。

"搭上好政策的快车，只要勤劳肯干，幸福就会到来。"第一年，

肖青松和他带动的两户贫困户，每户增收 4 万元左右。尝到"甜头"后的他更有干劲和信心了，不但经常外出学习、培训，提高木耳种植技术，还抢抓旅游商机，投资了一家可容纳 100 多人同时就餐的农家乐，日子一年赛过一年。

放眼金米村，像肖青松这样依靠木耳改变命运的农户比比皆是。村党支部书记、村主任李正森介绍说，2022 年，金米村共发展春季木耳 400 万袋，秋季计划发展木耳 300 万袋，比 2020 年扩增了 400 万袋，产值增加了近 1200 万元，全年预计人均增收 7000 余元，相比 2020 年可提高 2000 元以上。

户户有产业，人人有活干，哪有空地哪里种，你种我种大家种。如今的金米村，"比学赶超"氛围浓厚，村民们一心扑在产业上，都在比谁家的木耳长得多、长得好。一座座木耳大棚成了"致富大棚"，一间间农家小院成了"致富大院"，一朵朵肥厚光亮的木耳成了带动当地群众致富增收的"富贵花"。

"大棚有人建、菌包有人送、技术有指导、木耳有人销，我们在家门口就能挣钱。有这样的好事，我们何愁不富！""这样的'神仙'日子，以前做梦都不敢想哦！"蓝天白云下，青山绿水间，金米村人的幸福是如此具体、如此笃定。

◉ 借助科技力量，打好产业"翻身仗"

金米村昔日贫困户、今日致富带头人陈庆海说："现在村里的智能连栋木耳大棚，耳农可以通过手机对大棚温度、湿度、光照、通风等进行控制，还能实现木耳菌棒喷淋等操作。"

回望金米村乃至柞水县木耳产业的发展壮大过程，像智能连栋木耳大棚这样的高科技，功不可没。

2012年，随着柞水县调整到由科技部定点帮扶，一场木耳与科技之间的"联姻"就此展开。十年间，柞水县获得了李玉院士工作站、木耳技术研发中心、木耳大数据中心等一大批科技创新平台的支持，全力攻克木耳产业技术研发滞后、生产管理粗放、市场销售不畅、深加工产品匮乏等瓶颈制约，探索形成了科技驱动木耳产业发展的机制。

2019年，在中铁一局的对口帮扶下，金米村建成设施控制智能化、生产过程可视化、技术服务网络化、产品追溯全程化的木耳大棚智能控制中心，对木耳大棚进行全程智能化管控，节省土地和人力资源的同时，大幅提高了木耳产量和质量。

那一年，在矿上打工的陈庆海看到了机会。他抱着试试看的态度回村承包了两个木耳大棚，自此告别了靠天吃饭且入不敷出的困境，靠着科技拔掉"穷根"走上致富路。经过几年的努力，陈庆海不仅住上了小洋楼，开上了小汽车，还和其他人合伙投资开办了金米村农副产品营销中心，年收入高达数十万元。

手机成了陈庆海的新"农具"，他不仅能通过屏幕随时监查大棚里木耳的长势等信息，还通过直播这种新"农活"，拓宽木耳销售渠道，同时吸引外地游客来村里采摘木耳，了解木耳文化。谈起自己的直播经历，陈庆海乐呵呵地表示："就是不断地讲木耳产品，讲有啥好处，现场还直播过炒菜。"

近年来，为了将木耳打造成"网红"产品，提高其附加值，柞水各村涌现出一大批像陈庆海一样的网络主播。得益于当地网络全覆盖，他们时常走出直播间，走进田间地头、木耳种植大棚、采摘晾晒场等场所，将最真实的"柞水木耳"带到观众面前。

2020年4月20日，金米村的木耳展销中心迎来了"最强带货员"——习近平总书记对着手机镜头点赞"小木耳、大产业"。一夜之间，金米村和"柞水木耳"声名鹊起，"吃柞水木耳，赏秦岭风光"成为潮流。

◎ 多种产业融合，乡村振兴典范

作为金米村的讲解员，刘璐有一个甜蜜的"烦恼"：轰轰烈烈的经济发展带来了村容村貌的日新月异，因此"解说词个把月就得更新一次"。

路变宽了，房变新了，村变美了，人变富了……随着木耳产业的发展，金米村顺势发展起旅游业，走上了"农业＋旅游＋文创"三产融合的道路。曾经"吃水肩挑人抬、赶集翻山越岭"的贫困山村，已成功入选"中国美丽休闲乡村""全国生态文化村""全国乡村旅游重点村""淘宝直播第一村"等名单，各地游客纷至沓来。

最大的变化还是人的变化。自信，写在每一张脸上；幸福，溢满胸口。远方的游子纷纷归来，将堆积的乡愁化作建设的动力；未来的花朵用功读书，誓言将最美好的年华奉献给家乡。而这一切，才是乡村振兴最澎湃、

最持久的力量。

　　脱胎换骨辞过去，整装待发向未来。李正森说，接下来，告别了贫穷的金米村将整合资源、积聚力量，努力打造乡村振兴的"金米样本"："以前即便有想法，奈何巧妇难为无米之炊，现在有条件、有平台，就有底气做更长远的规划。"

　　巍巍秦岭，蕴藏无限生机，也蕴藏无限转机。勤劳朴实的金米村人，在"一山未了一山迎，百里都无半里平"的秦岭腹地，抓住大自然的馈赠，借助党和国家的好政策，利用科技的力量，打了一场漂亮的产业"翻身仗"。

十载光阴，倏忽而已，金米村的木耳开了又落，落了又开，昔日"养在深山人不知"的"小耳朵"，已摇身成为"天下谁人不识君"的"金耳朵"。一根根菌棒，支撑起一座村庄的重生与希望；一座座大棚，保护着一方百姓的梦想与追求。

精准扶贫的东风悠悠吹过，小康生活的图景一一展开。"山上有金、地上有米"，承载着一代代金米村人美好愿望的村名，终于变得名副其实！

共富，共兴，共美。如今的金米村，正步伐稳健地走在乡村振兴的道路上！在曙光的映射下，金米村景色优美，宛如画境。一幅乡村全面振兴的美丽画卷，正在秦巴山区深处徐徐展开。

十年来，乡村休闲旅游业稳步发展，建设了一批休闲农业精品景点，推介了1000多条精品线路，全国休闲农庄、观光农园、农家乐等达到30多万家，年营业收入超过7000亿元。

十年来，乡村产业融合发展渐成趋势，累计创建140个优势特色产业集群、250个国家现代农业产业园、1300多个农业产业强镇、3600多个"一村一品"示范村镇，打造了一批乡土特色鲜明、主导产业突出、质量效益较高的乡村产业发展高地。

农村创新创业日渐活跃，全国建设2200多个农村创新创业园区和孵化实训基地，累计有1120万人返乡回乡创新创业，平均每个主体带动6~7人稳定就业、15~20人灵活就业。在奔向幸福道路上，类似金米村等一大批乡村因地制宜推动优势产业发展，探索集体经济致富路，为实现脱贫攻坚奔向共同富裕探索出一条因地制宜新道路。

【潘安湖街道马庄村】

贯彻新发展理念，打造绿色新名片

【十年掠影】

马庄村贯彻"文化立村、旅游富民"的理念，成立了马庄农民乐团，先后参加各类演出7000余场次，2014年参加日本冲绳第四届结舞踊大赛获得最高奖项——结大奖。

常年开展周末舞会、庙会、灯会、农民运动会、啤酒狂欢节等文化节庆活动，并将舞龙、舞狮、赶毛驴、抬花轿等民俗表演融入其中。

马庄村发展香包产业，香包产值达到800余万元；全村生产总值突破2.25亿元，集体经济收入500余万元，人均可支配收入3.5万元。

2019 年马庄村被评为首批全国乡村旅游重点村，先后荣获"全国文明村""中国十佳小康村""中国民俗文化村""中国幸福村"等荣誉。"美丽马庄"成为村民心中真正宜居的村庄。

这里环境优美，小桥流水、白墙黛瓦的田园风光十人九羡；这里朝气蓬勃，扎根基层、独具特色的农民乐团走出国门；这里干劲十足，精美绝伦、飘香四溢的手工香包造福百姓……

这里，就是江苏省徐州市贾汪区潘安湖街道马庄村。

2017 年 12 月 12 日，习近平总书记来到马庄村考察，先后参观了村史馆、香包制作室、村综合服务室、村文化礼堂等地方，详细了解马庄村在党建工作、民俗文化、环境治理等方面翻天覆地的变化，亲身感受当下马庄人幸福、自信、乐观的精神面貌。

习近平总书记指出，"塌陷区要坚持走符合国情的转型发展之路，打造绿水青山，并把绿水青

山变成金山银山"，"农村精神文明建设很重要，物质变精神、精神变物质是辩证法的观点，实施乡村振兴战略要物质文明和精神文明一起抓，特别要注重提升农民精神风貌"。

穿越时光的长廊，拨开岁月的烟尘，让我们共同探寻这座"五星级"村

庄的华丽蜕变。

◉ 从"一城煤灰半城土"到"一城青山半城湖"

春天的潘安湖，鸟语花香，水光潋滟，鹭影飞舟何处饮，池杉岸柳初成荫；湖畔的马庄村，空气清新，道路宽阔，篱前油菜花千亩，屋后洋槐香半坡。

络绎不绝的游客穿行其间，很难想象这里曾是"天空灰蒙蒙，路上黑乎乎，年轻人出去了就不愿回来""煤车从村子里一过，头上、手上、衣服上全是灰"的采煤塌陷区。

马庄村所在的徐州市贾汪区，有着 130 年的煤炭开采史。20 世纪 90 年代，马庄村曾拥有四座煤矿，年产 220 万吨，几乎是"全民挖煤"。然而煤矿让马庄村摘掉贫困帽、让马庄人腰包鼓起来的同时，也留下了荒山秃岭、道路断裂、村庄淹没、农田沉降等烂摊子。

痛定思痛，马庄村决定"换个活法"。党委原书记孟庆喜介绍说："马庄经历过两次转型。2001 年，马庄所有煤矿全部关停，产业从地下转到了地上，建起了化工厂、水泥厂等 16 家企业。到 2013 年，这些企业也陆续关停了。"

2012 年，贾汪区投入大量资金，在面积最大的一块采煤塌陷地上，建成了 1.1 万亩的潘安湖湿地公园，将"地球伤疤"变成"森林氧吧"。马庄村抓住机遇，全面提升村容村貌，依靠湿地公园大力发展旅游业，打造独具特色的"绿色名片"。

习近平总书记 2017 年前来考察时，步行到潘安湖边察看景区新貌。他指出，资源枯竭地区经济转型发展是一篇大文章，实践证明这篇文章完全可以做好，关键是要贯彻新发展理念，坚定不移走生产发展、生活富裕、生态良好的文明发展道路，对采煤塌陷区整治的有益经验，要注意总结推广。

有了习近平总书记的肯定，马庄村再次发扬"一马当先、跃马扬鞭、马不停蹄、马到成功"的马庄精神，因地制宜发展生态旅游业，开展"美丽乡村"建设。随着一批休闲采摘、农旅观光、特色民宿项目建成，这里成了"网红打卡地"，2020 年前来参观、旅游的人数有 50 万人次，接待收入近 40 万元。

昔日"煤庄"日渐向好，村外游子纷纷归巢，曾经的"空心村"已成为人人都能在家门口创业就业的宝地。2018 年 5 月，"80 后"女孩徐娇思量再三，决定从无锡回到马庄创业，在一片占地 20 亩的废弃养殖场上建起农家乐"杏花村"，每月收入高达十几万元。

她说："我从小在马庄长大，现在的马庄已经不是从前那个一下雨就是泥的穷村子了，这里是我们的根，外出的人看到这些变化，肯定想回来。"

◉ 一针一线绣出"钱"途

在马庄村探索走文化立村、旅游惠民之路的过程中，一件小什物发挥着不容低估的作用。香包，它已成为马庄村的支柱产业，贡献着 70% 的村集体收入。

一副老花镜、几轴彩丝线，绘画、裁布、刺绣图案、下板型、填充草药、

缝制、装饰……经过十几道烦琐工序后，一个精致的香包从非遗传承人王秀英手上"新鲜出炉"。虽已至耄耋之年，她仍一针一线仔细绣着全村致富新希望，也将特色产业的"特"融进香包里面。

2017年在香包制作室里，习近平总书记不但夸赞马庄人的香包做得好，还花30元买了一个王秀英手工缝制的、寓意"真棒"的中药香包，给他们"捧捧场"。

有了习近平总书记这位"代言人"，"马庄香包"越卖越好，"火"出了新高度，不仅国内订单源源不断，来自意大利、英国、加拿大、澳大利亚等国家和地区的订单也应接不暇，年销售收入超过千万元。

　　2018 年，马庄村乘胜追击，将旧厂房改建成 2000 多平方米的香包文化大院，带动 300 多名村民共同致富。古色古香的院落里，淡淡的药草香扑面而来，制作室、体验馆、展示销售馆、研发工作室一应俱全，来自四面八方的游客既可以在这里参观香包制作过程、选购香包样式，还可以亲自动手制作，体验创作的乐趣。

　　与此同时，马庄人还开始大面积种植中草药，提升景观绿化的同时，将品控牢牢把握在自己手里，全力打造"产销游一条龙，农工贸旅一体化"纵深新局面。

　　新冠肺炎疫情期间，游客减少，马庄人另寻出路，以直播带货为突破口，拓展香包线上销售，时常引发抢购狂潮。王秀英笑着回忆说，她在孙女的张罗下参加了 2020 年 6 月的直播带货，几秒钟就卖出了 2000 件，"库存都卖光了，订单一直排到下个月"。

更让马庄人欣喜的是，这个带领全村增收致富的"金包包"，还能增进邻里关系，提升村民的幸福指数。64 岁的夏桂美就是受惠者之一，她于 2016 年辞掉保洁员的工作，走进香包制作室，年收入从 9600 元增加到 36000 元，生活质量显著提升。

她乐呵呵地表示："我们现在就是生活在景区了，心情特别舒畅。

现在我来做香包了，大家一起还能赚到钱，还能照顾家庭。幸福安康的生活就叫小康，我感觉很满足。"

◎ 农民乐队奏响农民精气神

除了香包，马庄村还有另一个享誉国内外的宝贝——农民乐团。

20 世纪 80 年代，马庄村人靠挖煤实现了"物质翻身"，但由于没有达到"精神富有"，村里酗酒赌博之风盛行，邻里纠纷接二连三，封建迷信屡禁不止……意识到问题的严重性后，村两委力排众议，拿出 3 万多

元，组建了苏北第一支农民铜管乐团。

时任党支部书记孟庆喜回忆说，组建农民乐团基于两点考虑：一是通过这种"人无我有"的文艺队伍，提升马庄的知名度和影响力；二是通过丰富村民的业余文化生活，提升他们的精气神、自豪感和凝聚力。

功夫不负有心人。这支由地地道道的农民组建的乐团，成立次年就参加了当地电视台的团拜会，一曲《西班牙斗牛士》终了，观众反响热烈。自此以后，该乐团与时俱进、力争上游，先后演出7000多场，从田间地头走上央视春晚，再到国际舞台，摘得意大利第八届国际音乐节团体银奖。

几十年来，马庄村农民乐团坚持演农村事、说农家话、道农民情。他们不仅是文艺表演团，还是政策理论"解读员"、时事政治"宣讲员"、法律法规"宣传员"，用贴近生活、贴近群众的文艺作品，将党的声音传播到百姓心头。

尝到乐团带来的甜头后，马庄村又组建了"百人锣鼓队""马庄民俗表演团"等文化队伍，并添设了图书馆、文化广场、文化礼堂、村史展览馆，常态化举办电影放映、文化科学知识讲座等，在全村范围内掀起了一股"文化风潮"。

可以说，文化生活已经浸润了每一个马庄人，他们忙时从农、闲时从艺，物质文明、精神文明"两手抓"，在"文化立村、文化兴村"的发展道路上渐行渐远、渐行渐稳。

习近平总书记强调，"实施乡村振兴战略，不能光看农民口袋里票子有多少，更要看农民精神风貌怎么样"，"乡村不仅要塑形，更要铸魂。

农村精神文明建设是滋润人心、德化人心、凝聚人心的工作，要绵绵用力，下足功夫"。他衷心祝愿马庄在十九大精神的指引下，能更上一层楼，把新农村建设得更加繁荣。

时光流转，奋斗不止，昔日天灰地陷水枯的苏北小村，已蜕变成今朝宜居宜业宜游的全国文明村、全国十佳小康村、中国民俗文化村，正朝着"产业发展、乡村文化建设、农村党建、要素回归、特色田园乡村建设"五个全国模范样板奋进，致力为中国乡村振兴贡献更多"马庄经验"！

文明乡风是一方百姓共同参与营造的美好生活环境和精神家园。乡风文明既是"软实力"，也是"生产力"。忽略精神文明建设，单纯推进经济建设会使乡村"具其形"而"失其魂"。

乡村全面振兴更要注重传承弘扬优秀传统文化，复兴民族永续发展的"精神田园"。乡风文明在传承优秀传统文化中发展，在与时俱进开展丰富多彩的文体活动中凝心聚力，焕发村民精气神。

马庄村充分挖掘本土文化资源，融入新时代内涵，发挥文化凝聚村民、培育公德、增强认同的作用，形成以文化浸润引领文明乡风建设的氛围。乡村发展不仅要塑形，更要铸魂。乡风文明也会在许多年里，为乡村发展提供着不竭的动力。

在农村精神文明滋润人心、德化人心、凝聚人心的同时，有了乡村文明中的文化因子，乡村给人们的幸福生活提供了另一种选择。

【七星农场】

智慧农业，奏响粮食丰收奋进曲

【十年掠影】

先后获得 8 项发明专利、2 项省地方标准，连续 15 年被农业农村部授予"全国粮食生产先进（标兵）单位"。

先后荣获"全国农业农村系统先进集体""全国现代化农业示范区""黑龙江省粮食生产先进单位""垦区农业生产标准化标兵单位"等荣誉称号。

2021 年，重点打造 5000 亩水稻生产全程智能化示范区，实现了田间生产各环节的可溯源，形成完整、准确的信息链条，带动水稻生产向全程智能化方向迈进。拥有各类农机具 4.67 万台（套），农机总动力 44.86 万千瓦，综合机械化率达 99% 以上，处于全国领先地位。

从当年无人问津的大荒地，到如今智能、物产丰富的现代化农业示范区，七星农场翻天覆地的变化正是北大荒向北大仓转变的时代缩影。

金秋时节，稻谷飘香，黑龙江垦区东部的七星农场上洋溢着丰收的喜悦。希望的田野上，一望无垠的金波中，一台台无人驾驶收割机穿梭其间，书写着"智慧农业"奋进曲。

近七十载沧桑巨变，经过几代拓荒人的披荆斩棘、艰苦奋斗，这里已从草莽丛生、沼泽密布、人迹罕至的荒原之地，蜕变成保障国家粮食安全的"压舱石"，助力国家真正实现"手中有粮，心中不慌"。

◉ 从会种地到"慧"种地

始建于 1954 年的七星农场地处三江平原腹地，地势低平，坡降平缓，总控面积 1208 平方公里，耕地 122 万亩，是全国优质粳稻种植面积最大的现代化农场之一，已被列入全国农垦现代农业示范区、粮食生产功能区和重要农产品生产保护区。

三江情，七星梦。近年来，七星农场接连引进大数据、云计算、5G、无人驾驶、北斗导航等技术，大力打造智慧农业试验区、示范区、推广区、辐射区，不断提升农业机械化、智能化、信息化水平，用"科技的翅膀"将种植户从田地里解放出来。

作为第三代"北大荒人"，七星农场职工陆向导对此深有感触："我爷爷种地靠人拉肩扛，我父亲开拖拉机，现在我不用下田，只需要远程操控无人机收割。"

陆向导所言非虚，如今的七星农场，从浸种催芽到育秧插秧，再到田间管理、翻地旋地，全过程智能化作业，既减少了种子用量，缩短了育秧时间，提高了化肥利用率，又大大节省了人工成本。那些科幻片中出现的场景，在这里一一成为现实。

水稻长势如何？什么时候施肥、什么时候防病、什么时候除草？对于这些关键问题，种植户们不再依靠经验，而是转向数据：农场示范区的每个地块都装有各种智能设备，可以 24 小时实时监测，采集各项数据，同时传送到信息平台，进行智能分析，进而为农户提供精准的施肥、灌溉等生产建议。

"种田还得靠科技，现在摆盘、育秧的这些技术标准，农技人员都网上教学，种地也都用上了无人设备，所以现在老百姓不仅仅是'会种地'，而且是真'慧'种地。"谈到这些年的发展，七星农场的科技示范户张景会喜笑颜开、滔滔不绝，他已准备好带领大家多种粮、种好粮，不断迈向共同富裕。

从"面朝黄土背朝天"到"一台手机干农活"，从会种地到"慧"种地，改变的不仅仅是粮食的产量和质量，更是种植户们的收入和幸福指数。2021 年，七星农场粮食总产量 14.5 亿斤，生产总值 13.85 亿元，人均可支配收入达 3.2 万元。

"科学种植是条致富路，让我尝到了甜头。"种植户秦玉秋如是说。

◉ 用高科技端牢"中国饭碗"

农，天下之本，务莫大焉。中国人口众多、人均耕地面积少，发展规模化、集约化的现代农业、科技农业是保障我国粮食安全的必然之路。

2020 年 10 月，一场"机械比拼"在七星农场如期上演：随着指令的发出，17 家国内外企业的 44 台（套）无人化农业机械"各显神通"，分别进行了整地、播种、施药、收割、运粮等农业生产全过程的无人化作业演示，整个场面的井然有序让人啧啧称奇。

这是由北大荒建三江和碧桂园农业牵头的"无人化农场"项目，其"大脑"位于农场一侧的北大荒精准农业农机中心，工作人员通过电子屏幕，便能实时掌握每台机械的作业状态、作业数据、卫星定位、作业轨迹等信息，一旦发现问题，还能立马中断操作。

中国工程院院士、华南农业大学教授罗锡文称赞说，该项目"规模最大、设备最多、项目最全、水平最高、程度最高"，势必"将带动中国现代化大农业加速发展，为中国农业转型升级、实现高质量发展注入强大动力，将在我国现代农业科技发展进程中具有里程碑式的重要意义"。

当前，百年变局叠加世纪疫情，全球粮食安全形势异常严峻，如何种好中国土地、端牢"中国饭碗"显得尤为重要和迫切。中国社会科学院农村发展研究所发布的《中国农村发展报告2020》指出，到"十四五"末期，我国可能出现1.3亿吨左右的粮食缺口。

同时，农民老龄化、农村空心化等问题，正困扰着中国农业生产发展，威胁着国家粮食安全。国家统计局数据显示，截至2019年，我国农村常住人口中，适龄劳动力人口占比为56.8%，远低于城镇的79.5%；65岁以上人口占比超过18%，远高于全国平均12.6%的水平。

藏粮于地、藏粮于技，中国农业机械化协会会长刘宪表示，七星农场的"无人化农场"符合未来农业的发展，在大幅提升农业生产效率的同

时，还能总结经验，优化、集成无人化技术，拿出可复制、可推广应用的无人化农业生产系统和无人化农场系统解决方案，为全球农业发展和粮食安全作出重要贡献。

◎ 养好"耕地中的大熊猫"

作为世界三大黑土平原之一，北大荒土壤肥沃、降水充盈，非常适宜农业发展，是"捏把黑土冒油花，插双筷子也发芽"的富饶之地。

然而，受过度开垦等因素影响，东北部分地区黑土地长期表土裸露、土壤结构退化、风蚀水蚀加剧，对国家粮食安全、生态安全，以及对农业可持续发展构成挑战。昔日"棒打狍子瓢舀鱼，野鸡飞到饭锅里"的生动场景，正从这里慢慢消失。

习近平总书记 2016 年到黑龙江考察时指出，要采取工程、农艺、生物等多种措施，调动农民积极性共同把黑土地保护好、利用好。两年后，他到七星农场考察时再次强调，人无远虑必有近忧，北大荒的土质要不断优化，不能退化；绿色发展要有可持续性，农业生产不能竭泽而渔。

牢记总书记嘱托，近年来，七星农场在耕地保护上下足功夫：建设监测点，为黑土地保护提供数据支撑；根据土壤地力分布，实施黑土地保护分级管理；推进"田长制"工作考评制度，确保黑土地保护落实到位；大力推广应用秸秆还田、测土配方施肥、保护性耕作等措施……

"目前我们监测数据显示，土壤养分与 2008 年持平，这几年没有继续退化。"每到耕种时节，七星分公司农业技术推广中心化验室负责人金

立军及其团队，便会对采集的土壤进行成分化验，然后根据土壤特性给农作物"开药方"，指导种植户科学施肥，减少化肥用量，既保护了黑土地，也让结出的产品更加绿色、健康。

放眼望去，现在的七星农场，各种农作物长势喜人、生机勃勃，不仅是"全国粮食生产先进（标兵）单位""全国现代化农业示范区""全国测土配方施肥工作先进单位"，还是国家3A级旅游区和网红打卡地。"天上北斗，地上七星"，寥寥数字，道出了七星人的骄傲与自豪。

68年栉风沐雨，68年翻天覆地，从人迹罕至的"北大荒"到名副其实的"北大仓"，不变的是七星人"艰苦奋斗、勇于开拓、顾全大局、无私奉献"的北大精神。

只争朝夕"谋发展"，不负韶华"勇攀登"。新时代、新起点、新征程，新一代的七星人将牢记使命，辛苦耕耘，继续推进中国农业现代化，当好

国家粮食安全"压舱石"！

　　民为国基，谷为民命。粮食事关国运民生，粮食安全是国家安全的重要基础。在七星农场等一大批为提升粮食产量而竭力付出的农业人的努力下，中国粮食产能稳定提升，产量连续 7 年稳定在 1.3 万亿斤以上，10 年再上一个千亿斤新台阶，2021 年产量创历史新高，达到 13657 亿斤。

　　人均粮食占有量达到 483 公斤，高于国际公认的 400 公斤粮食安全线，做到了谷物基本自给、口粮绝对安全。品种更加丰富多样，棉油糖胶稳定发展，肉蛋奶、水产品、果菜茶供给充裕。品质持续优化升级，农产品质量安全例行监测合格率稳定在 97% 以上。

　　瞩目成就背后需要感激诸多为粮食产量默默奉献的粮食守护者，他们用辛勤的双手开垦土地、提升产能的同时，推动农业生产可持续性发展，不断拓荒，创新农业生产方式，保障粮食供给，将十四亿多中国人的饭碗牢牢端在手中。

【山河智能】

自主创新，铸就大国发展引擎

【十年掠影】

液压多路阀，是挖掘机的核心部件，就像是挖掘机的"神经系统"，控制着挖掘机的各个动作。2015 年以前，该项技术长期被国外发达国家控制，成为制约我国工程机械行业发展的瓶颈。

为了解决行业"卡脖子"难题，山河智能创始人何清华自 2012 年开始带领技术团队，自主研发具有自主知识产权的第一代挖掘机多路阀，并实现批量装机。

搭载这种多路阀的挖掘机，对比国外进口产品作业效率提升 18%。油耗降低 18%，该项技术还获得了国家发明专利授权和日本 PCT 国际发明专利授权。

2017 年，全球最大步履式旋挖钻机 SWDM600W 发布。2018 年，国产首款全复合材料五座飞机"山河 SA160L"成功完成首飞……

中部地区承东启西、连南接北，是中国广袤国土上的一道"脊梁"，这里资源丰富、人杰地灵，是长江经济带的重要组成部分，在我国区域发展格局中有着重要地位。

党的十八大以来，在以习近平同志为核心的党中央坚强领导下，中部地区蓬勃发展，日新月异，谱写出"中部崛起"新篇章，助推中国复兴之梦的实现。

其中，在"世界工程机械之都"长沙，山河智能装备股份有限公司（以下简称"山河智能"）坚持自主创新，让世界看到了"中国制造"的高度，感受到了"中国创造"的力量。

◉ 坚持自主创新，从"中国制造"到"中国创造"

制造业是国家经济命脉所系，其中装备制造业涉及的设备种类多、应用广，经常服务于国家基础设施建设，属于国之重器。然而此前很长一段时间，我国装备制造业的多项核心技术被国外控制，常会遇到"卡脖子"问题。山河智能基础装备研究院工程师朱振新对此深有感触。

自2012年进入山河智能以来，朱振新负责桩工机械，特别是全液压履带式桩架的研发。全液压履带式桩架是桩架中的高端产品，在建筑、铁路、跨海大桥等工程施工领域得到广泛应用，但以前我国这类设备几乎都靠国外进口，不但价格高昂、售后服务难度大，科研人员在参观学习时还会遭遇各种歧视。

怀揣装备报国的梦想，朱振新及其科研团队"上刀山下火海"，誓言"不破楼兰终不还"。当重复无数次的试验总是失败时，他们也会感到失落、丧气，但从没想过、也不舍得放弃，因为他们深知，自主创新之路不可能一蹴而就、一帆风顺。

仅用一年时间，朱振新团队研发的全液压履带式桩机销量就跃居韩国市场第一，一举打破日本品牌在韩国桩工机械市场的垄断局面。回忆往昔，朱振新依旧难掩激动："当这台设备（在国外）组装起来的时候，这个时候我的那种成就感，特别是民族的自豪感油然而生。我相信，我们制造业青年大有可为。因为是这个时代给了我们机会。"

具有完全自主知识产权的液压多路阀则是另一个"为伊消得人憔悴"的故事。液压多路阀是挖掘机的核心部件，其重要性相当于挖掘机的"神经中枢"，控制着挖掘机的各个动作。2015 年以前，我国在这项技术上受制于人，除了交货期得不到保证、价格昂贵外，国外提供给我国工程机械企业的还是几近淘汰的老产品，最新技术被优先供给国外的主机企业。

为了挣脱这种被"卡脖子"的滋味，山河智能创始人、古稀之年的何清华带领团队精耕细作、攻坚克难。每一位"山河人"的工位旁边，都摆着一张简易折叠床，在最紧急的时候，通宵达旦，废寝忘食。

"像当时日本有的厂家的这个阀体，是做 600 万次（试验），那么我们做到 800 万次（试验），日夜不停地在试验。我们就相信通过我们自己付出更多，超越他们应该是完全可以做到的。"山河智能液压元件研究所所长陈桂芳回忆说。

2020 年 9 月 17 日，习近平总书记冒雨来到山河智能，察看生产线

和产品展示，了解技术研发、生产制造、销售经营情况。习总书记强调，自主创新是企业的生命，是企业爬坡过坎、发展壮大的根本；关键核心技术必须牢牢掌握在自己手里。要坚定不移把制造业和实体经济做强做优做大。

惟改革者进，惟创新者强，惟改革创新者胜。从"贴牌"到"品牌"，从"制造"到"创造"，从"跟跑"到部分领域实现"领跑"，中国制造业的蜕变之路离不开"山河人"这样的中国科技工作者。未来，他们将继续开拓进取，在装备制造领域书写更精彩的奋斗篇章。

◎ 数字赋能，助推制造业转型升级

走进山河智能工业城挖掘机焊接车间，眼前的景象让人耳目一新：一台台机器人在流水线上高速运作，工作人员只需在电脑屏幕之间来回查看，及时调整焊接点，监测焊接质量。

老员工陈东高兴地说："有了机器人后，不仅焊接效率大幅提升，焊接质量也十分稳定。"

在同样智慧化的中型挖机装配车间，固定、抬升、翻转、降落……曾经耗时耗力且不安全的活计，已由自动拧紧机、底架翻转机、自动加油机等设备全面"接手"。

技术工人龚贤介绍，紧固螺栓以往需要至少两名钳工使用力矩扳手作业，工作一天下来往往手臂酸痛，如今有了自动拧紧机，工作人员只需将机器移动到相应位置，机器就会自动根据松紧状况进行工作，力度不够还会报警提示，不但省事，质量还可控。

近年来，面对新一轮科技革命和产业变革，为落实"十四五"国家智能制造发展规划要求，山河智能开展了一系列以智能制造和绿色制造为目标的技术攻关，旨在实现制造业的效益化，包括社会效益与经济效益。

肯取势者，可为人先；能谋势者，必有所成。截至目前，山河智能的"智造"新模式，已相继获得工信部"智能制造试点示范项目"、湖南省第一批"5G+工业互联网"示范工厂等荣誉。

放眼全国，工程机械产业作为国民经济发展的重要基础性和战略性产业，正在加速智能化、数字化转型。在5G、物联网、大数据、人工智能等新技术的加持下，起步较晚的中国工程机械企业抓住第四次工业革命的转型机遇，主要聚焦产品、研发、制造、服务等多个环节，搭建新的工业互联舞台，这必将对世界工业互联互通起到关键作用。

◎ 加速海外布局，提升"中国创造"影响力

2022 年 5 月 17 日，在湖南省政府、长沙市政府特别是长沙市政府物流与口岸办公室的合理引导下，伴随着火车鸣笛声，山河智能自主研发、制造的近五百台挖掘机和滑移装载机，搭乘中欧班列（长沙）前往欧洲。这一具有里程碑意义的发运，是山河智能积极探索国际物流多元化、大力拓展海外市场又一有力举措。

在稳步拓展欧洲市场的同时，山河智能加快了"走出去"的步伐，

逐步深入东南亚、南美、非洲等地区。特别是自"一带一路"倡议提出以来，山河智能紧跟国家发展战略，抢抓机遇、主动布局，将产品覆盖90%以上的"一带一路"沿线国家，越南、柬埔寨、老挝、印尼、新加坡、马来西亚等国子公司先后建立。

从泰国中泰铁"、马来西亚东马铁路，到尼日利亚卡卡铁路、秘鲁安第斯高速公路、哥伦比亚波哥大地铁，山河智能的各类设备出现在世界各个角落，用亮眼的表现扭转了一些针对"中国制造"的偏见，提升了"中国创造""中国智造"的影响力。

"我们在产品方面的持续创新，才可以给我们的海外市场，特别是高端市场，持续不断地提供一些新的产品和符合市场需求的一些产品。"正如山河智能国际市场发展中心总监李莎所言，"先导式创新"始终是山河智能决胜海外市场的法宝。

更为重要的是，山河智能的成功离不开这个伟大的时代。过去十年，山河智能所在的湖南省锚定打造国家重要先进制造业高地的新方向，推动制造业由中高速增长转向高质量发展。

目前，湖南省正依托航空货运、中欧班列、铁海联运、江海联运优势，着力建设五大国际物流通道，助推企业更好地参与国际竞争。

放眼全国，党的十八大以来，中国工程机械制造业快速崛起，产业规模更加合理，国际地位大幅提高，自主创新硕果累累，产业结构进一步优化，可持续发展能力显著增强，高质量发展不断取得新成就。

2021年中国工程机械的出口市场表现强劲，出口金额突破300亿美元，达到 340 亿美元，同比增长 62.3%。其中，对"一带一路"沿线国家出口额占全部出口额的 42.4%，同比增长达 60.4%。预计 2022 年我国工程机械出口金额将达 386.3 亿美元。

山河智能生产出众多具有自主知识产权和核心竞争力的高品质、高性能的工程装备产品，为中国制造强势崛起作出突出贡献！

【石油钻井平台】

向海图强，海上也有『王进喜』

【十年掠影】

2012年5月9日，"海洋石油981"在中国南海海域首钻成功，标志着中国在海洋工程装备领域已经具备了自主研发能力和国际竞争能力。

我国海工旗舰"海洋石油981"半潜式钻井平台于2014年钻探发现"深海一号"大气田，是我国海域自营深水勘探的第一个重大油气发现。2015年以来，油气年产量突破亿吨级并持续保持稳产。

2017年，"蓝鲸1号"使我国在可燃冰试采产气时长和产量两个领域创造了新的世界纪录，将我国深水油气勘探开发能力带入世界先进行列。

2021年，"深海一号"大气田正式投产，标志着我国海洋石油勘探开发能力实现从300米深水向1500米超深水的历史性跨越。

海洋是生命的摇篮、资源的宝库、交通的命脉、战略的要地，一个国家的兴衰与海洋事业密不可分。开发蓝色国土，建设海洋强国，在国内外形势复杂的当前具有重要现实意义、战略意义，是中华民族永续发展、走向世界强国的必由之路。

2013 年 8 月 28 日下午，习近平总书记冒着滂沱大雨，来到大连船舶重工集团海洋工程有限公司考察。在自升式石油钻井平台制造现场，他听取了公司发展情况介绍，微笑着和工人们合影，对他们勇攀科技高峰的精神表示肯定。

习近平总书记语重心长地说，海洋事业关系民族生存发展状态，关系国家兴衰安危。要顺应建设海洋强国的需要，加快培育海洋工程制造业这一战略性新兴产业，不断提高海洋开发能力，使海洋经济成为新的增长点。

要实现这一目标，其中相当重要的一环就是开发海上油气资源。

⚙ 国之重器轻叩海洋强国之门

工欲善其事，必先利其器。要大力开发海上油气资源，必须拥有的一项设备是海上石油钻井平台。平台上装有钻井、动力、通讯、导航等设备，以及安全救生和人员生活设施，被称为"海上流动的国土"。

早在上世纪 60 年代，在"上山下海，以陆推海"的海洋石油发展战略的指导下，中国就在渤海建造出了第一台真正意义上的海上钻井平台，迈开了海洋油气田开采的步伐。

虽然起步较晚又缺乏经验和技术，但经过半个多世纪的发展，特别是近十年来，中国的海上钻井平台攻克了一个又一个难关，取得了一次又一次突破，跃居国际领先水平，为实现蓝色"中国梦"保驾护航。

2012年5月9日，中国首座自主设计、建造的第六代深水半潜式钻井平台——"海洋石油981"在中国南海海域首钻成功，标志着中国在海洋工程装备领域已经具备了自主研发能力和国际竞争能力，代表着中国海洋石油深水战略迈出实质性步伐。

五年过后，由中集来福士设计建造的"蓝鲸1号"半潜式钻井平台横空出世。作为全球最大、作业水深最深、钻井深度最深的海上钻井平台，"蓝鲸1号"使我国在可燃冰试采产气时长和产量两个领域创造了新的世界纪录，将我国深水油气勘探开发能力带入世界先进行列。

时任中集来福士 CEO 兼总裁王建中动情地表示："'蓝鲸 1 号'这样的深水装备意义重大。有人说，它是国家的主权碑，装备在哪，国土就在哪；也有人说，它是海洋能源的开关，没有它，国家能源保障就会被人'卡脖子'；还有人说，它是国家综合实力的象征，可以拉动几十种基础科技同步提升，对工业整体能力提升具有重大战略意义。"

　　在"蓝鲸 1 号"惊艳亮相不久之后，国产化高达 80% 的"蓝鲸 2 号"再次吸引了全世界的目光。与传统单钻塔平台相比，"蓝鲸 2 号"配置了高效的液压双钻塔，以及全球领先的 DP3 闭环动力管理系统，可提升30% 作业效率，节省 10% 的燃料消耗。

　　从无到有，从有到精，从"引进来"到"走出去"，海上钻井平台乘着时代的波涛迎头赶上、后来居上，助力中国轻轻叩响海洋强国之门。

⚙ 钻探"海上大庆油田"，保障国家能源安全

进入新世纪以来，全球海洋油气勘探开发步伐明显加快。中国作为海洋大国，海洋油气储量丰富，增长潜力巨大。大力发展海洋油气产业，提升海洋油气勘探开发力度，是保障中国能源安全的必然要求。

对此，习近平总书记发表了一系列重要讲话、作出一系列重大部署，提出"要提高海洋资源开发能力，着力推动海洋经济向质量效益型转变"，"要推动海洋科技实现高水平自立自强，加强原创性、引领性科技攻关，把装备制造牢牢抓在自己手里，努力用我们自己的装备开发油气资源，提高能源自给率，保障国家能源安全"。

牢记总书记指示，肩负时代使命。2014年，在创造了作业水深2451米亚洲深水钻井纪录后，"海洋石油981"深水半潜式钻井平台迎难而上，转战地质条件复杂的南海陵水区块作业，成功测试了我国第一个自营深水高产大气田"深海1号"，证明了南海深水区油气产量的巨大潜力。

自正式投产以来，"深海1号"每年为粤港琼等地稳定供应30亿立方米深海天然气，可以满足粤港澳大湾区四分之一的民生用气需求，并在推动高质量共建"一带一路"方面发挥着不容忽视的作用。

2017年5月，在距离珠海320公里的神狐海域，凭借"蓝鲸一号"，中国首次海域可燃冰（天然气水合物）试采成功。这一举世瞩目的成就，标志着我国在该领域取得重大技术突破，为可燃冰的商业化开发铺路，将对我国能源结构产生重大影响，推动我国经济社会持续健康发展。

《中国海洋能源发展报告2021》指出，当前，海上油气生产已经成

为重要的能源增长极，海洋能源将成为能源增长的原动力，而从区域来看，海上探井半数以上集中在亚洲地区，中国海域是勘探活动最为活跃的地区之一。

报告预计，2022年，中国海洋油气产量将不断提升，其中原油产量预计将达到5760万吨，同比上涨约5.4%，占全国石油增量的80%左右；天然气产量预计将突破200亿立方米，同比上涨约6.7%，占全国天然气增量的12%左右。

立足现在，展望未来。一座座海上钻井平台，推动我国油气供应格局实现了从"以陆地为主"向"陆海统筹、海陆并重"转变，为我国经济的快速发展持续供能，为我国建设海洋强国奠定坚实基础。

◎ 逐梦蔚蓝，海上"王进喜"们风雨兼程

最早一批走出国门的中国海上钻井人之一邓明川先生曾说："深水钻井不能缺装备，也不能缺人；有人有装备后，还要有机结合，置于科学的作业体系内才能正常运行。"

在南海东部海域的"海洋石油943"钻井平台上，上百名工作人员一如既往地忙碌着。在这种几乎"与世隔绝"的工作与生活中，他们神经紧绷，不舍昼夜，牺牲小家成就大家，只为钻出蓝色的"中国梦"。

"登上平台那一刻便投入战斗状态，两班倒保证钻井作业24小时不间断进行。所以海上作业不分白天黑夜、不分工作和休息日、更不分中秋春节之日，也没有请假一说。"高级钻井总监刘保波一语道出了海上工作的特殊与艰辛。

而在祖国另一边的山东烟台，中集来福士海洋工程有限公司的工人杨德将也开启了一天的工作。从一名普通的管路安装工，到参与打造"蓝鲸1号""蓝鲸2号"等大国重器，杨德将用无限的热爱和百分之百的专注，继续书写着自己的美好人生。

被授予"烟台时代楷模"时，他铿锵有力地说："虽然最远的地方，（我）只去过北京，但我参与打造的海工装备却替我走遍世界，我无怨无悔！"

几十年前，"铁人"王进喜"宁可少活二十年，拼命也要拿下大油田"，

为我国石油事业立下汗马功劳。几十年后，为加快建设海洋强国，无数"海油人"传承并发扬"铁人精神"，埋头苦干、锐意进取，用汗水甚至鲜血拼出油气资源。

"海洋石油981"作业团队深知，"尊重是靠实力赢回来的"，于是每天加班加点，让1500多台设备保持高效运行；"蓝鲸1号"设计团队深知，突破核心技术需要迎难而上，于是平均年龄只有26岁的他们，仅用9个月时间就完成了"蓝鲸1号"的基础设计工作；"海洋石油943"的工作人员在油气发现的喜悦中，默默干着最脏、最累、风险系数大的工作……

海洋强国、向海图强是习近平总书记的"蓝色信念"，更是不断崛起的华夏儿女的世代夙愿。而今，依托一座座海上石油钻井平台，向着"第二个百年"奋斗目标前进的中国巨轮再次扬帆启航！

一件件国之重器，标注中国制造的铿锵步履，彰显中国创造的十足底气。2019年全国海洋生产总值超过8.9万亿元人民币，海洋生产总值比上年增长6.2%，高于国内生产总值0.1个百分点，海洋经济对国民经济增长的贡献率达到9.1%，拉动国民经济增长0.6个百分点。

海洋生产总值占国内生产总值的比重近20年连续保持在9%左右，占沿海地区生产总值的比重连续3年稳步上升，2019年超17%。2020年，全国石油、天然气剩余探明技术可采储量已达36.19亿吨、62665.78亿立方米。近些年，我国原油年产量近2亿吨。

"海洋石油981""蓝鲸1号"等一系列巨型装备的设计建造投产，标志着中国深水油气资源勘探开发能力，和大型海洋装备建造水平处于世界领先地位，使得中国能源开采可以由陆转海。

海油人在高质量发展之路上勇立潮头，加大技术创新攻关力度，完成了一个个不可能的伟大飞跃。日后可以通过从海上开采丰富能源，减少国内能源市场对进口能源的依赖，提升国家能源安全，助力国家经济社会发展。

2021年11月24日，"深海一号"成功全面达产，日产天然气1000万立方米。标志着我国海洋石油工业已经独立掌握了超深水气田生产运维的完整技术体系。

【边防官兵】
无畏坚守，甘当界碑

【十年掠影】

万里边关，国之藩篱。边防官兵用忠诚托举卫国戍边神圣使命，用热血铸就祖国边关的安全稳定屏障。他们始终牢记习主席嘱托，弘扬爱国戍边的光荣传统，让习近平强军思想在边关落地生根。

十年前的他们，散布在祖国的大江南北，为了守卫边疆，他们从军报国，从棱角分明化为不动如山。这十年，他们在巡逻路上留下了诸多足迹；这十年，一茬茬官兵用生命与热血践行着边防军人的铮铮誓言。奋斗强军这十年，边防官兵保家卫国的初心与使命永不变。

"中国战士在边疆，枕戈待旦守边防，漫漫长路去巡逻，国之四面又八方；日夜坚守，守望这幸福生活，日夜坚守，守望这祖国辽阔……"

治国先治边，治国必治边。边海防是治国安邦的大事，关系国家安全和发展全局。党的十八大以来，无数边防战士走进高山戈壁，与孤独寂寞为伍，与寒风霜雪为伴，谱写强军事业新篇章。他们用热血和忠诚扎根边防、守卫边防、建功边防，为维护国家政治安全和社会稳定、实现中华民族伟大复兴的中国梦做出更大的贡献。

◉ 顶风雪抗严寒，我为祖国守好边

位于喀喇昆仑山脉中段的河尾滩边防连，驻地海拔 5418 米，是世界上海拔最高的驻军点。这里人烟稀少、空气稀薄、终年冰封、四季雪飘，被称为"生命禁区中的禁区"。

然而，就是在这个常人难以想象的"昆仑之巅"，1988 年出生的周健健一待就是 8 年。一路走来，恶劣的环境早已让他的身体严重透支，肾结石、肾积水和风湿性关节炎等疾病常常令他夜不能寐，但对于"苦不苦"这样的问题，周健健总是报以微笑。

有一次，周健健因感冒引发了高原水肿，一开始没太在意，到了后半夜，胸口疼得厉害，被紧急下送才避免了生命危险。面对这样的生死考验，他没打退堂鼓，反而更坚定了他留在高原，与出生入死的战友一同战斗的决心。

事实上，几乎每一位边防战士都有自己的历险记。

2016 年 9 月，杜富强从贵州来到西藏军区边防某团二营六连，开始了自己的军旅生涯。为了进入巡逻队，成为老兵口中真正的边防兵，身体瘦弱的他不但完成了每天高强度的训练，还时常给自己安排一些非常规"加餐"，终于在三个月后如愿。

其中，有一条巡逻路被称为"魔鬼都不愿去的地方"，悬挂于绝壁之上，全长几十公里，往返需三天两夜。这条路自然灾害频发，危险重重，至今已吞噬了十余名官兵的性命。

"有一次，我们需要通过由木头搭建的悬梯，底下就是湍流的河水。因为贫血，我突然头晕眼花，力不从心。千钧一发之际，我抓紧悬梯的绳子才没掉下去。"杜富强说，他在"鬼门关"前走过不止一遭，每每回忆起这些经历，仍感觉心有余悸。

"祖国要我守边卡，边防线上把根扎，雪山顶上也要发芽……"

环境的艰苦击不垮边防战士的风骨，只要一想到前方是边境线，身后是万家灯火，他们的内心便会涌起最纯粹的自豪感和使命感。在最偏远的疆域、最险峻的山峰、最艰苦的岗哨，他们用军人的爱和赤诚，为祖国站好哨、执好勤、守好责、尽好力。

"界碑在眼前，战位在脚下；祖国永远在心中，责任时刻在肩头""宁舍自己一条命，不丢祖国半寸土""宁可向前十步死，绝不后退半步生"……铮铮誓言响彻神州大地，道出了边防战士的坚定信念，也激励着他们迎风冒雪、攻坚克难。

◎ "相思树"下家国情

在内蒙古兴安盟阿尔山的三角山哨所,有一棵"相思树"。它迎风生长,诉说着一位边防战士舍小家为大家的凄美故事。

1984年初夏，哨所年仅29岁的连长李相恩带队巡逻，途中突遇山洪。为了营救战友，李相恩纵身跳进冰冷的河流，不幸被湍急的河水卷走，壮烈牺牲。

得知这一消息后，李相恩的妻子郭凤荣抱着两岁的儿子，从千里之外赶到部队。她在河边整整伫立了三天三夜，撕心裂肺地呼唤丈夫的名字，期待着奇迹的出现。

在部队全力搜救两个多月仍然无果后，第二年春天，郭凤荣再次来到连队，并在哨所最高处栽下了一棵樟子松，以寄相思。

一棵"相思树"，永远家国情。30多年来，这棵樟子松屹立在祖国北疆，见证了一代又一代边防战士背井离乡、聚少离多的故事。

在海拔4300米的新疆喀什军分区克克吐鲁克边防连，31岁的马小龙戍守了11载。他以部队为家，是战友眼中的"边防通""四小工"，每天忙里忙外，处理好军事任务和日常生活中的各种问题。

但对于自己远在宁夏银川的另一个家，马小龙总是心怀愧疚。

2021年年初，马小龙回乡探亲时发现，母亲刚生完一场大病，父亲的身体也一年不如一年，可他什么都不知道。每次通话，父母只叮嘱他照顾好自己，绝口不提抽屉里那排大大小小的药瓶，甚至连能不能回家过年这种问题，都不再问了，怕给他压力。

"什么是坚守，什么是陪伴？"回到部队，马小龙时常这样问自己。他害怕"子欲养而亲不待"，心疼一直为家庭奔波和付出的妻子，也遗憾无法在孩子最需要父爱的时候及时陪伴，但望着雪域上空高高扬起的五星红旗，一切的答案，都不言自明。

"有国才有家，守边关也是守护家"。马小龙懂，其他所有边防官兵都懂。

正因如此，家庭富裕的任伯训才决定放弃安逸闲适的大上海，前往孤寂艰苦的三角山，哪怕独在异乡为异客，思亲念家泪千行。

面对母亲"万里边防线，多你一个不多，少你一个不少"的困惑，任伯训毅然决然地回答道："人人都这样想，就没人守边防了！"界碑教会了他默默坚守的意义，也将他同祖国以及军人的职责紧紧联系在一起。

哪有什么岁月静好，不过是有人替你负重前行。走近这群边防士兵，普普通通的他们俨然一棵棵"相思树"，在祖国边境扎根奉献，将心酸和痛苦深埋心底，用身体筑起一道道钢铁长城，保障山河无恙、国泰民安。

◎ 祖国不会忘记

边防战士卫国戍边，他们的奉献人民不会忘记，他们的冷暖祖国常挂心间。

党的十八大以来，习近平总书记下边防、上哨所，和边防士兵一起执勤站岗，向他们致以诚挚的问候。与此同时，中国也在后勤补给方面下足功夫，尽可能地改善边防士兵的生活条件。

2018 年年初，一条长约 2.8 公里的索道，在海拔 4000 米至 4600 米的山巅架起，连通了西藏卓拉哨所和山下的世界。卓拉哨所终年大雪覆盖，交通不便，被称为"挂在天上的哨所"。索道的开通，结束了哨所近半个世纪以来物资运输全靠"人背马驮"的历史。

"货运索道运载量大，物资充足，我们不仅喝上了矿泉水，每顿饭都能吃到好几个菜。现在，让哨所官兵四季吃上新鲜蔬菜瓜果已不再是难事！"对于卓拉哨所的边防官兵来说，索道的马达声，是世界上最动听的声音，摇摇晃晃的索道，是一条连接幸福的路。

在祖国另一端的喀喇昆仑边防一线，随着"蔬菜工厂"、富氧健身房、环保厕所等务实举措的推进，边防官兵的生活也发生了翻天覆地的变化，不但能在永冻层上"洗好热水澡"，还告别了土豆、萝卜、白菜"老三样"，吃上了热气腾腾的火锅。

"自己种出来的蔬菜，味道就是不一样！"雪山寒哨变成了"温暖之家"，烦心事变成了暖心事，边防官兵的喜悦之情溢于言表。

心系基层，情暖边关。除了基础设施，随着电子哨兵、网上管边、多维监控等一系列新型装备落户哨卡，边境地区的执勤管控手段也大幅改善，实现了由平面向立体、由单一向多元、由人力为主向科技为主的改变。

老兵高成对此感触颇深。他说，过去，"巡逻主要靠走、通信基本靠吼、观察主要靠瞅"，而现在，执勤人员站在值班室里，通过电子屏幕就能全天候、全时段、全方位管控百里边关，边境防卫效率进一步提高。

新装备、新设施、新技术，今日边关触目皆新，但高成和其他边防官兵非常清楚，这并不意味着他们可以降低训练强度，丢弃"脚上"功夫。相反，他们将感恩之心化作不竭动力，严格要求自我，努力成长为让祖国和人民放心的戍边人。

"我的爱被雪山擦拭过，我的爱被冰河亲吻过，我的爱被雄鹰带上了蓝天，还守望高高的哨所，我的爱被风雨磨砺过，我的爱被汗水浸湿过，我的爱被界碑刻成了誓言……"

边防是国防的重要组成部分。古今中外，大多数国家都把加强边防作为安邦定国的战略任务来对待。"边防无小事"是人们对边防工作特殊性的精练概括。

边防是保卫国家安全的前哨阵地，是反映国家政治、外交政策的"晴雨表"，是展示国威、军威的"窗口"。边境地区的每一寸土地和每一块礁石，都是国家主权和尊严的具体体现；边防的每一个重要行动，都反映边防特殊的性质决定了它在国家安全和发展战略中具有重要的地位，特别是在新的历史时期，边防的巩固和加强直接关系到国家的根本利益，在国家安全中占有举足轻重的战略地位。

军队跟党走，强军先铸魂。身处边防一线，一批批官兵用青春和热血守护着国家安宁、人民幸福。他们在艰苦的环境中，在复杂的形势下，

坚定理想信念、磨砺战斗意志、锤炼战斗作风，用实际行动诠释着人民军队绝对忠诚的不变军魂。

无数个边防官兵坚守在边界线上，守护国家安全，为国家安全边界安全付出热血青春甚至是生命，为捍卫国家主权和领土完整甘当界碑，坚守信念，忠于人民，每一寸边界都是国土，每一张面孔都写满忠诚。

在他们的努力下，保障了我们的边防安全和国土安全，守护山河无恙、人民幸福。

○ 王雅妮
此生获得爱，一生奉献爱

○ 阿亚格格曼干村
惠民政策解民忧，美好生活启新篇

○ 玛吉格
草原深处喜事多，民族团结一家亲

○ 四季青敬老院
养老政策暖人心，夕阳之花仍灿烂

○ 后记

第三章

十年·共享

THE DECADE — SHARE

○ 十八洞村
产业开花，
十八洞村村民共算收支账

○ 潭头村
红色旅游，映照古村前行路

○ 三河村
易地搬迁，绘就乡村美丽画卷

○ 多福社区
邻里关系多和谐，
幸福家园『福』满街

共享理念实质就是坚持以人民为中心的发展思想，体现的是逐步实现共同富裕的要求。共同富裕，是马克思主义的一个基本目标，也是自古以来我国人民的一个基本理想。

——习近平

共享

大道之行也，天下为公，
是中华民族的不懈追求与奋斗目标。
头顶"中国梦"的灿烂星光，
脚踏九百六十多万平方公里的广袤土地，
生活在伟大祖国和伟大时代的中国人民，
共同享有人生出彩的机会；
共同享有梦想成真的机会；
共同享有同祖国和时代一起成长与进步的机会。
一花独放不是春，百花齐放春满园，
中国人民过去十年的减贫奇迹惊艳了世界，
他们团结互助、共赴幸福康庄路，
共享民族复兴的伟大荣光！

【十八洞村】产业开花，十八洞村村民共算收支账

【十年掠影】

十年前，十八洞全村贫困发生率一度高达57%，村民人均纯收入仅1668元，集体经济空白。

2017年，十八洞成为湖南首批脱贫出列的贫困村。2021年，十八洞村全村人均收入20167元，村集体经济收入268万元，成功实现了从深度贫困苗乡到小康示范村寨的"华丽转身"。

如今，全村形成了旅游、山泉水、劳务、种养、苗绣五个产业，村民的日子如同芝麻开花节节高。

十年来，湖南像"十八洞"一样的贫困村都已成功摆脱贫困，拔掉穷根。截至2020年底，全省682万农村建档立卡贫困人口全部脱贫，6920个贫困村全部出列，51个贫困县全部摘帽。

重山环绕，溪水潺潺，木楼相依，万瓦如鳞，苗家阿妹的歌声在山峦间悠扬起伏，苗族风情的建筑在云雾间时隐时现。

这桃花源般的古老村寨，就是"精准扶贫"首倡地——湖南花垣县十八洞村。

短短几年间，从"三沟两岔山旮旯，红薯洋芋苞谷粑；要想吃顿大米饭，除非生病有娃娃"的心酸与无奈，到"苗家住在金银窝，境内自然资源多，精准扶贫来领航，户户脱贫奔小康"的幸福与满足，能歌善舞的苗族人民用山歌道出了十八洞村的蜕变。

◉ 对象精准，因人而异制定针对性措施

远上寒山石径斜，白云深处有人家。深藏在武陵山脉腹地的十八洞村风景秀丽、独具特色，但由于山高路远，自然条件恶劣，十八洞村"年年扶贫年年贫"，村民们"手捧金碗莫奈何"，长期生活在贫困线以下。

2013年11月3日，习近平总书记沿着崎岖山路来到这里，考察扶贫开发工作。在村民施齐文家中，就着昏黄的灯光，总书记一一察看了谷仓、床铺、灶房和猪圈，并坐下来同施齐文和他的老伴石拔三算收支账，勉励他们在党和政府的关心下创造美好生活。

在十八洞村，习近平总书记首次提出"精准扶贫"重要论述，强调"发展是甩掉贫困帽子的总办法，贫困地区要从实际出发，因地制宜，把种什么、养什么、从哪里增收想明白，帮助乡亲们寻找脱贫致富的好路子"。

一经总书记点拨，十八洞村如梦初醒，自此蜕变。

　　要让"精准扶贫"落地生根,首先要精准识别扶贫对象。为防止出现"穷人落榜,富人上榜",十八洞村探索出"三榜三审七步九不准工作法",识别出 136 户 533 人为贫困人口,并根据每个人的技能特长制定针对性的脱贫措施。

　　施齐文一家也被列为精准扶贫对象。县扶贫工作队将他们纳入低保,送来家用电器,帮忙种植树苗。此外,随着前来参观的游客越来越多,工作队还帮他们在家开了个小商店,卖些饮料、方便面、书籍、纪念品等。

　　谈起这种"神仙过的日子",石拔三乐呵呵地表示,"房子改造过了,再不像以前那样黑黢黢的,堂屋地面改成了水泥地,建了干净的厕所,通了自来水,添了电器","以前我没出过大山,这几年我坐过好几次飞机

了，还飞到北京，看了天安门"。

另一位村民龙先兰的生活也发生了翻天覆地的变化。受家庭变故的影响，龙先兰原本是一个人见人嫌的单身汉，工作上三天打鱼两天晒网，一有钱就借酒消愁，"没人相信有人能把我救回来"。

2014 年，在时任扶贫工作队队长龙秀林的引荐下，龙先兰到花垣县跟着一个养蜂师傅学习，后又向银行借了 5 万元的免息贷款作为启动资金。经过几年的发展，他的养蜂事业越做越大，不但注册了商标成立了公司，还有效带动十八洞村以及周边村寨的养蜂户脱贫致富。

"孤儿不孤全村个个是亲人；贫困不贫苗乡处处见精神"——这副从 2017 年成婚之日起就挂在龙先兰家门上的喜联，道出了他的喜悦之情、感恩之心，更彰显了十八洞村村民思想观念、精神状态、生活方式的改变。

◉ 产业精准，跳出十八洞村建设十八洞村

十八洞村"地无三尺平，多是斗笠丘"，人均耕地不足 0.83 亩，并且地块零碎分散，无法规模利用。在许多村民的记忆里，祖辈早出晚归辛勤耕种，仍只能勉强维持温饱。

针对这一困境，十八洞村从 2014 年起转变思路发展"飞地经济"，在花垣县国家农业科技示范园里流转土地 1000 亩进行猕猴桃产业建设，探索股份合作扶贫。

时任村委会主任施进兰回忆说，起初，许多村民强烈反对上交入股保证金，扶贫工作队和村委会在这方面做了很多工作，包括派代表前往都江堰参加国际猕猴桃节。当他们看到外地猕猴桃种植户个个光鲜亮丽，开着几十万的汽车，一下子便想通了，基本实现全村入股。

事实证明，这一举措十分成功。2020 年，十八洞村的猕猴桃总产量超过 600 万吨，入股村民人均分红 2000 多元，成为全村贫困户的主要收入来源之一。

尝到"抱团"发展的甜头后，十八洞村又陆续成立了多个农民专业合作社组织，重点发展以猕猴桃、烤烟、冬桃、油茶等为主的种植业，扶

持以湘西黄牛、生猪、山羊、稻田养鱼为主的养殖业，推广以苗绣为主的手工艺加工业，形成了"龙头企业＋村庄＋合作社＋农户"的协同发展机制和"集体经济＋全民参与＋互助合作"的产业发展利益共享机制，实行产业共融、产权共有、村民共治、发展共享的村庄集体经济发展模式。

与此同时，依托秀美的自然风光和原汁原味的苗族风情，素有"小张家界"之称的十八洞村还大力打造以红色旅游为主的乡村旅游胜地，通过组织外出学习、开展技术培训等方式，为村民提供更多致富途径：厨艺好的开起了农家乐，普通话好的当起了导游，表现力强的干起了直播，就连老人家也摆摊售卖民族工艺品……

2017 年，经过三年多的艰苦努力，十八洞村成功脱贫摘帽，村民人均年收入由原来的 1688 元增加到了 8000 多元。昔日村空人穷的苗寨摇身一变，成为远近闻名的精准脱贫样板村，人们纷至沓来的"武陵深处桃花源"。

坐在自家的小商店里，看着络绎不绝的游客，以及忙前忙后建设村寨的年轻一代，石拔三老人的内心无比满足。靠着猕猴桃分红和旅游公司的资助等，这位习近平总书记口中的"大姐"早已吃穿不愁。她看起《新闻联播》，学起普通话，还加入了村文艺队，相信"好日子哟，踏实着嘞"。

◎ "精准扶贫"经验走向世界

2018 年 6 月 2 日，继习近平总书记到村考察后，十八洞村又迎来了一位贵客——应邀访华的时任老挝领导人本杨·沃拉吉。

宽阔平整的马路，层层叠叠的梯田，一望无垠的绿色，质朴纯真的笑脸……十八洞村的巨变吸引本杨驻足凝望。他沿着习近平总书记的足迹，来到石拔三老人家里，详细询问她的生产生活状况，并诚挚邀请她到老挝走一走、看一看。

湘西多山地、多民族，与老挝北部的情况十分相似。本杨表示，老挝还有 6% 的贫困家庭，也在致力于脱贫攻坚。老挝要认真学习借鉴中方"精准扶贫"的做法和经验，争取到 2020 年摆脱国家欠发达状态。

一年过后，在给村民的回信中，本杨再次祝贺十八洞村在"精准扶贫"理念的指引下，"取得了全面的发展成就，在短时间内摆脱贫困，村容村貌焕然一新，村民生活不断改善。当前，老挝正在全力开展扶贫脱贫，致力于摆脱欠发达状态，十八洞的成功实践给老挝提供了十分宝贵的经验"。

自本杨到访后，十八洞村的名声更响了，旅游考察的人纷至沓来。十八洞村抓住机遇，乘势而上，大力发展苗绣产品，使村里的苗绣产品不仅成为赠送外宾的最好纪念品，更乘着中国高铁走出大山，沿着"一带一路"走向世界！

贫困并非命中注定，减贫事业是崇高追求，更是务实行动。十八洞村作为"全国脱贫攻坚楷模"，不仅走出了一条可复制、可推广的脱贫之

路，更为国际减贫事业提供了中国智慧，带来了希望和激励。

立足新起点，阔步新征程，武陵山脉腹地的小村寨将站在全国乃至世界的高度，进一步生动讲好脱贫故事，高标准、高质量打造国际减贫交流基地、脱贫样板，为推动构建人类命运共同体作贡献。

"吃住不用愁，衣着有讲究；增收门路广，票子进衣兜；天天像赶集，往返人如流；单身娶媳妇，日子乐悠悠。"苗族人民的清脆山歌，越飞越高，越飞越远，将十八洞村的故事传向四方。

风起十八洞，"可复制、可推广"的十八洞村精准扶贫经验，带动了一批"十八洞姊妹村"脱颖而出。

新化县油溪桥村、永顺县高坪村、桑植县红军村等，借鉴十八洞村"解题思路"，旧貌换新颜，从省级贫困村一跃成为全国特色村庄。

从摆脱贫困到乡村振兴，十八洞村正走在一条更为开阔的大路上，从精准扶贫的精神硕果中汲取接续奋进的力量，由精准扶贫样板向乡村振兴样板再发力。春风正劲，新绿满山，每一寸土地都在焕发生机、积蓄力量。

十八洞村牢记习近平总书记的殷殷嘱托，让"精准"二字落地生根，不仅走出了一条"可复制、可推广"的精准脱贫好路子，成功摘掉贫困帽，还蹚出了一条"旅游＋"产业体系新路。党的十八大以来，我国全面打响脱贫攻坚战，农村贫困人口大幅减少，人民群众的获得感、幸福感、安全感不断增加。

中国农村贫困人口从 2012 年至 2020 年起每年减贫都在 1000 万人以上，中国共产党把坚持脱贫攻坚与国家发展战略相统一，为脱贫攻坚做好顶层设计提供了基础保障；省市县乡村五级书记抓扶贫和农村基层党组织建设，为脱贫攻坚提供坚强的政治保障。

中国式扶贫是中国道路的亮丽篇章，同时也为世界减贫事业提供了可资借鉴的中国方案。中国减贫成绩长期处于世界前列，对加速全球减贫做出了积极贡献；中国减贫经验经过大规模实践检验，具有科学性、实践性和国际性，为全球贫困治理和可持续发展贡献了中国智慧和中国样本。

【潭头村】

红色旅游，映照古村前行路

【十年掠影】

2012年，潭头村集体经济收入38万元，共有建档立卡贫困户109户。

2019年7月，以"村集体＋旅游公司＋村民"的形式，开办了潭头村旅游公司，开发富硒餐饮、乡村民宿、特色农产品、休闲采摘、农事体验等特色旅游项目，世代耕种的潭头村村民吃上了旅游饭。

2021年，潭头村村集体收入突破150万元，农户免费入股，每户分得旅游合作社分红1000元。

十年来，潭头村整治人居环境，发展特色旅游，村里的人气越来越旺，生活越过越红火。

江西赣州，于都河畔，梓山镇潭头村村口，青山环绕，绿树成荫，江南韵味十足。红色雕塑上"幸福都是奋斗出来的"几个大字，彰显着这座村庄的精气神；"笑脸墙"上的一张张笑脸，诉说着当地群众的幸福体验。

73岁的孙观发也在"笑脸墙"上。近几年，沐浴着国家政策的东风，依靠村里的富硒产业和旅游产业，孙观发一家"撸起袖子加油干"，实现了从贫困到脱贫再到富裕的变化，生活芝麻开花节节高，一天更比一天好。

◎ 悠悠古村换新颜

有着700多年历史的潭头村，是远近闻名的"红军村"，但受制于历史、自然等多重因素，这里也曾是"晴三天，挑烂肩头；雨三天，水进灶头"的贫困村，大多数村民吃不饱穿不暖，2014年贫困发生率高达16%。

随着乡村振兴加快推进，悠悠古村

再度焕发生机。对此，红军英烈后代、退伍军人孙观发很有发言权。2010年，孙观发的妻子被确诊患有乳腺癌，巨额治疗费使他们因病致穷，欠下了20多万元外债。他回忆说："有一次过年，家里买不起肉，我只能将养来下蛋的老母鸡杀了，女儿说都快忘记肉是什么味道了。"

假如生活欺骗了你，不要悲伤，不要心急！受益于精准扶贫政策，孙观发一家在驻村干部的帮扶下积极发展光伏发电，入股种养合作社，再加上土地流转，儿女们也外出务工，他们于2017年成功脱贫摘帽，之后的收入更是超过了二十万元。

除了收入水平的提高，孙观发的居住环境也焕然一新。脱贫攻坚期间，潭头村改水、改厕、改路，拆除破旧、闲置的牛栏、猪栏等，修建休闲运动广场、农民活动室、农家书屋等公共活动场所，同时配套抓好社区教育、医疗等设施建设。放眼望去，小桥流水人家，白墙青砖黛瓦，生活的活力与诗意喷涌而出。

与此同时，潭头村还积极宣传引导文明新风尚。通过"学模范，树新风""文明信用农户创评""五好文明家庭评比""文明村镇（社区）创建"等活动，村民的精神面貌有了很大改观，"除陋习、讲文明、护环境"的意识深入人心。邻里和睦，风清气正，潭头村已被评为省级生态文明示范基地、江西省森林乡村。

作为参与者、见证者和受益者，孙观发住上了新房子，接上了自来水，用上了稳定电，走上了平坦路。他对党和国家心怀感恩，对未来充满无限憧憬："如今，吃水排水已不是问题，牛圈猪舍也很干净，水更清了，山更绿了，景更美了，早就不是过去的潭头啦！""越努力越幸福，我是一个幸运的人。"

◎ 富硒土地孕育新"硒"望

孙观发的致富和潭头村的集体经济做大做强紧密相连。

潭头村所在的于都县，35%的土壤富含微量元素硒，有着得天独厚的资源禀赋。6000余亩的富硒土地平整且集中，易于开发，为潭头村发展富硒农产品种植产业、带领群众共同增收致富提供了有力支撑。

乡村要发展，产业是关键。2017年，潭头村成立了蔬菜专业种养合作社，并先后引进了江苏启东、山东寿光等龙头企业，通过"龙头企业＋合作社＋基地＋农户"的发展模式，不但解决了就业问题，村民在拿到土地流转金的同时，还能入股合作社分红。

村党支部书记刘连云介绍说："龙头企业带领村民种植反季节蔬菜，抢早、抢新卖高价。同时，保底收购，解决菜农后顾之忧。"

2019年5月20日，带着对苏区人民的挂念，习近平总书记来到潭头村考察。他走进富硒蔬菜产业园，仔细询问产业的发展、老乡的就业等情况，并嘱咐当地政府要把富硒品牌打造好，造福老区人民。

总书记的话让村民们备受鼓舞。近两年，在江西省出台的《关于推进全省富硒农业高质量发展的指导意见》支持下，潭头村拿出"闹革命走前头，搞生产争上游"的势头，先后建起了富硒葡萄基地、百香果基地、富硒大米基地、万亩蔬菜基地等多个特色产业基地，拿到了6个富硒产品认证，并注册了"潭头富硒大米"品牌。一时间，排排大棚拔地而起，孕育着老区人民的致富新"硒"望。

为了全力助推富硒蔬菜产业发展，潭头村聘请专业团队传授种植技术、指导品牌运营，逐步发展冷链物流园，将冷链直接建在田间地头，并引进中化农业、中粮等大型国企，提供从技术到销售到物流运输的一条龙服务，不断提高产品附加值和市场竞争力。

物以"硒"为贵。潭头村的富硒产品质量高，深得消费者青睐，市场反响强烈，不仅销往南昌、长沙、上海、浙江一带，还通过中欧班列远销国外，摆上外国餐桌。富硒大棚成了村民的"致富棚"，富硒品牌让村民端上了"金饭碗"。

晨光熹微，郭月华已经在大棚里忙碌了起来。曾经只是打零工的她，两年来跟着技术人员从整地、覆膜开始一点点学，不但成为村里的种菜行家，管理多个大棚，还大胆地选择自己创业，带动村民共同致富。

看着一株株富硒蔬菜在她的巧手下长势喜人，郭月华露出了质朴而可爱的笑容："现在变得家门口都有钱赚了。""家里安装了空调，购买了小汽车。今后，我要增加大棚蔬菜种植面积，带动更多的村民增产增收，让大家都富裕起来。"

◉ 红色土地发展旅游业

依托富硒产品，潭头村有了发展乡村旅游业的想法。早在几年前，当地干部就带着村民前往附近的雅溪古村学习考察，希望通过村容村貌改

造、旅游功能植入等措施，潭头村也能像雅溪古村一样焕发新生，让村民们吃上香喷喷的"旅游饭"。

机会总是留给有准备的人的。2019年7月，在习近平总书记前来考察后，潭头村结合自身实际，以"村集体＋旅游公司＋村民"的形式，开办潭头村旅游公司，开发富硒餐饮、乡村民宿、红色研学、土特产超市等一系列乡村特色旅游项目。每户村民以2000元入股，公司收益50%用于股东分红，30%用于运营发展，20%作为村集体经济收入。

看着前来观光旅游的人越来越多，孙观发也决定趁热打铁。在与家人商量后，他将家中原本闲置的四间房重新装修，改造成同时能容纳9人入住的乡村民宿，置办了床、空调、热水器等设备，为游客提供舒适的住宿体验。每年夏季，孙观发家的民宿几乎天天爆满，最火的时候，一个月能挣四五千元。

"光靠政府带动还不够，自己得多努力。"民宿还未装修完，古稀之年的孙观发又马不停蹄地搞起其他致富途径，丝毫没有闲下来安享晚年的念头。他拉上刚返乡的弟弟和另外两个兄弟，共同开办了农家餐馆与土特产超市，生意兴隆。

袅袅茶香中，孙观发微笑着为游客详细介绍当地的特色菜，让他们充分感受到潭头村人的热情。他的儿媳郭金凤也辞去了制衣厂的工作，一门心思地经营起自家土特产超市："旅游火了，我也不用外出务工，自己家开超市，收益不错还能照顾家人。"

2022年，在清脆响亮的爆竹声中，潭头村又迎来一件大喜事——占地 700 平方米、能容纳 600 多人同时就餐的新"富硒食堂"封顶了。"硒"望之村已准备好在旅游业继续做大做强，再创辉煌。

家里的生活蒸蒸日上，村子的发展欣欣向荣，孙观发对此感慨良多。他在日记里写道："越奋斗，越幸福，生活越来越好。"这是他的致富密码，也是潭头村走上小康之路的秘诀所在，更是整个乡村振兴的关键因素。

"习近平总书记关心我们老区群众，我们更有干劲、更有奔头了！我们的生活一定会芝麻开花节节高！"在赣州地区的红色土地上，潭头村人将带着先辈的革命宗旨、革命理想，坚持听党话、感党恩、跟党走，以奋斗者的姿态建设美好家园，谱写乡村振兴新篇章！

截至 2019 年底，全国共对"一方水土养不起一方人"地区约 960 万建档立卡贫困人口实施了易地扶贫搬迁，已搬迁入住建档立卡贫困人口930 万余人，搬迁入住率达到 97%。

易地扶贫搬迁不仅解决了近 1000 万贫困群众"两不愁三保障"问题，还通过挪穷窝、换穷业、拔穷根，从根本上阻断了贫困的代际传递，取得了良好的经济、社会、生态效益。各地为约 90% 的搬迁群众落实后续扶持措施，已有 900 多万建档立卡贫困搬迁群众在 2020 年底实现脱贫。

得益于易地搬迁的创新性举措，孙观发等大批村民在政策引领下，产业发展，六畜兴旺，真正实现了安居与乐业并重、搬迁与致富并进，日子越过越有奔头，处处涌动着蓬勃活力和崭新气象，生活芝麻开花节节高，越过越红火。

【三河村】

易地搬迁，绘就乡村美丽画卷

【十年掠影】

作为曾经的"三区三州"深度贫困地区之一，凉山州在当年是全国脱贫攻坚的主战场之一。

2020 年凉山州实现全面脱贫，三河村建成易地搬迁安置点，253 户1294 人搬入新居。

凉山州所有乡镇和建制村实现 100% 通硬化路，出门水泥路、抬脚上客车，平整的道路通过村民家门口，为村民出行创造了便利的条件。

三河村把产业发展作为深入推进巩固拓展脱贫攻坚成果与乡村振兴有效衔接的核心举措，坚持因地制宜，结合三河村的土壤、气候等特点，探索出适合三河村的养殖、种植、加工、旅游、劳务输出"五大产业"，三河村老百姓过上了更好的日子。

　　1956 年，在中国共产党的正确领导和民主改革的稳步推进下，四川凉山各族人民团结一心、艰苦奋斗，摆脱了奴隶制的束缚，实现了"一步跨千年"的历史性飞跃，开启了波澜壮阔的社会主义建设新纪元。

　　风雨兼程数十载，薪火相传铸辉煌。历史的车轮滚滚向前，在全面

建成小康社会，实现伟大复兴中国梦的号召下，这片曾经书写"彝海结盟"的红色土地，再次"一步跨千年"，实现了一个个脱贫攻坚、艰苦创业的人间奇迹，描绘了一幅幅欣欣向荣、平等和睦的美丽画卷。

其中，三河村就像一个小小的窗口，透过它，大凉山子民由内而外的蜕变，中国脱贫事业的艰苦与成就，中国共产党对于人民群众的关心和爱护，在我们眼前徐徐展开。

◎ 住上好房子，过上好日子

四川凉山彝族自治州，是全国最大的彝族聚居区，也曾是全国贫困程度最深的"三区三州"之一。位于大凉山深处的昭觉县三河村，平均海拔 2500 米，贫困发生率一度超过 46%，一度"穷得让人心痛"。

2018 年 2 月 11 日，带着对彝族群众的深切挂念，习近平总书记不畏严寒，驱车两个多小时来到三河村，俯身走进彝族贫困群众家中，察看民情，聆听民声。

"总书记和我们亲切握手、拉家常，察看院子，关心是否用得上自来水，掀开床褥、摸摸被子，询问够不够厚实、暖和，询问我们的吃穿怎么样，孩子有没有上学……"回忆起习近平总书记同自己握手的场景，吉好也求仍难掩激动。

在另一位村民节列俄阿木家里，一见到总书记，节列俄阿木的婆婆立刻热泪纵横："今天见到您，我就像做梦一样。以前家里很困难，在党和政府的帮助下日子一天比一天好起来了。我现在没有什么牵挂了。"

看到彝族群众的生活一天一天好起来，习近平总书记很是感动，但他同时知道，行百里者半九十，全面小康的目标还没有实现，脱贫攻坚一刻也不能放松。他和当地干部群众围坐在火塘边一起谋对策、找路子，为他们指明精准脱贫的方向，为他们带来幸福生活的希望。

"我们搞社会主义，就是要让各族人民都过上幸福美好的生活。""全面建成小康社会最艰巨最繁重的任务在贫困地区，特别是在深度贫困地区，无论这块硬骨头有多硬都必须啃下，无论这场攻坚战有多难打都必须打赢，全面小康路上不能忘记每一个民族、每一个家庭。"

习近平总书记的话如一缕春风，唤醒了这片沉睡千年的土地，助力三河村策马扬鞭奔小康。

凭借着"不破楼兰终不还"的坚韧意志，通过易地扶贫搬迁，当地村民从"门前一堆粪""人畜共居"的土坯房搬进了宽敞明亮的小洋房，家具家电一应俱全；干净平整的水泥路修到了家门口，告别了"出门靠走（路）、过河靠溜（索）""对面能听声，相见需数日"的艰难岁月；家家户户喝上了放心水；通信网络实现了全覆盖……

2020 年底，三河村顺利完成整村脱贫任务，脱贫攻坚的阳光照耀到了村里每一个角落。"习总书记卡莎莎（彝语，意为'感谢'），我们住进新房啦！""共产党，卡莎莎！"——一句句"卡莎莎"在美丽的大凉山里回荡，道出了村民们过上崭新生活的喜悦，道出了彝族同胞对习近平总书记、对党和国家的感激之情。

◉ 因地制宜，致富之路行稳致远

所谓安居乐业，住上好房子、摘掉穷帽子不是终点，而是艰苦创业、节节攀升的新起点。幸福是奋斗出来的，但奋斗不是蛮斗，要讲究策略方法，注重实际效益。

以前，依靠传统种植和畜牧业，三河村村民勤勤恳恳却只能勉强度日。如今，在党和政府的带领下，三河村结合当地土壤、气候等特点，因地制宜探索适合村子的养殖、种植、加工、旅游、劳务输出"五大产业"，发展以"短期＋中期＋长期"相结合的特色种养业，彻底打破"一方水土难养一方人"的桎梏。

其中，短期主攻养殖和组织劳务输出。经过调查研究，三河村引进西门塔尔牛、中华蜂等优质品种，"分散到户养殖、合作社统购包销"；出台包括"两免三补"在内的一系列支持政策，通过夜校培养实用技能，鼓励青壮劳力外出务工。

中期发展特色种植，向土地要收益。在经过小规模试种并邀请专家实地论证后，三河村改变村民"单打独斗"的想法，大量种植产值较高的云木香、花椒、冬桃等特色农产品，走上"地里核桃、山上桃树、林下药材"的新路子。

长期走产业融合发展之路。利用红色文化历史和彝族特色，三河村大力开发旅游资源，将旧址、新村、村史馆结合起来，讲好脱贫奔小康故事，传递民族文化魅力，让游客了解到三河村前世今生的同时，开发更多就业岗位，吸引村民就近就地就业，帮助他们实现长期稳定增收致富。

念念不忘，必有回

响，只要方向正确，就不怕道路遥远。2020 年，三河村贫困户人均可支配收入从 2017 年的 3100 元增加到 11245 元，曾经与世隔绝的穷乡僻壤摇身一变，成为四川省 100 个乡村旅游重点村之一，吸引着全世界的目光。

"日子越来越好，我也要继续撸起袖子加油干。"过去几年，村民吉好也求开了村里的第一家小卖部，过上了上午外出打工，下午在家看店，同时养点猪、牛等牲畜的"神仙日子"，逍遥自在，干劲十足。

而在村子的另一边，洛古有格也忙着饲养猪、牛。2013 年，这个大学生放弃国企"铁饭碗"，下定决心回乡创业，开展规模化、特色化、生态化养殖，带领全村人脱贫奔小康。短短几年，随着合作社从当初仅有 6 间房子的简易圈舍，逐步发展成一个面积超过千平方米的标准化养殖场，洛古有格也成了远近闻名的脱贫尖子生。

"脱贫攻坚、乡村振兴需要有知识、有文化的青年人。青年要成为脱贫攻坚、乡村振兴的尖兵和生力军。"走过质疑和艰苦，洛古有格仍说自己是一个"追梦人"。

岁月变迁中，同吉好也求和洛古有格一样，三河村村民的自我发展意愿，像火塘里的柴火一样越烧越旺，向着共同致富加速奔跑。

◉ 思想脱贫，幸福之歌越唱越高

扶贫先扶志，扶贫先扶智，三河村的巨变不仅体现在物质层面，更体现在村民的思想观念上。唯有"精神脱贫"才能真正斩断穷根，为共建美丽乡村、共圆幸福中国梦提供源源不断的内生动力。

2018 年围坐在火塘边拉家常时，有三河村村民告诉习近平总书记，以前大家生病了，都以为是"鬼缠身"，不会前往医院就医，而是请"苏尼比莫"（巫师）来家里做法事。后来村干部告诉他们，所谓"鬼"，就是那些因不良生活习惯滋生的病菌。从小事做起，把卫生搞好，就会少生病。

习近平总书记听后深有感触，在偏远落后的地方，常有封建迷信的影子，提倡新风尚，让文明春风吹到每一个边边角角，是乡村振兴的重要内容。他动情地告诉村民，过去的确是有"鬼"的，愚昧、落后、贫穷就是"鬼"。这些问题解决了，有文化、讲卫生，过上好日子，"鬼"就自然被驱走了。

几年来，三河村内外用力，将移风易俗进行得如火如荼：经历厕所革命，一棵树就是一间厕所的观念成为过去；住宅和圈舍隔开，改变了人畜混居的历史；红白喜事不再攀比杀牛、杀羊的数目；婚嫁彩礼有了最高数额限制；新的生育观也在形成，生儿育女不再简单追求数量，孩子的教育和培养引起了重视……

知识改变命运，教育成就未来。在三河村这个曾经几乎与世隔绝的世界里，横在中间的不仅是走不完的土路和翻不尽的山岭，还有语言和教育。

谈起自己的求学经历，父亲遭遇车祸离世、母亲长年在外务工的热烈日作几度哽咽。她告诉习近平总书记，村里的小孩以前都没书读，如果不是党的关怀，走进教室对于她和弟弟来说，简直就是妄想，更不用说走出大山去成都念书了。如果不是政府的支持，热烈日作无法回到村里当一名幼儿教师，"把孩子教好，让他们将来过上好日子"。

教育兴则国兴。近几年，凉山州采取"一村一幼"政策，在每个村子配置一所幼儿园，让孩子们在家门口就能享受与城镇幼儿园一样的学前教育，"人人有学上，人人上好学"的目标已逐步实现。在三河村村史馆里，"兴教育"被写进"三河村训"，"积极支持学龄儿童入学，严禁让孩子中途辍学"也被郑重写进"村规民约"。

这种改变不仅得益于外力的推动，更来自村民思想的进步，大部分村民意识到了教育管长远、治根本的作用。

就拿吉好也求来说，他"一天也没进过教室，连自己的名字都写不好，吃了没有文化的亏"，习近平总书记特意叮嘱他，"孩子的教育一定要跟上"。一语惊醒梦中人，吉好也求终于"想通了"，立刻把四个孩子的教育问题放在首要位置，包括让在外打工的女儿吉好有作重返课堂。

"现在孩子们都在上学，希望都能考上大学，掌握更多本领，为乡亲们服务、为祖国作贡献。"看到孩子们变得自信大方，吉好也求深刻感受到教育的力量，对未来充满憧憬。

2021年2月25日，在全国脱贫攻坚总结表彰大会上，三河村被授予"全国脱贫攻坚楷模"荣誉称号，成为新时代乡村治理和发展的标杆。

站在"十四五"新起点上，这份沉甸甸的荣誉既是肯定，也是鞭策，将激励每一位三河村干部和村民牢记使命，砥砺奋进，乘势而上，持续前行。

当下乡村产业蓬勃发展，农产品加工流通业加快转型升级，休闲旅游、电商直播等新业态不断涌现。

人居环境明显改善，农村卫生厕所普及率超过 70%，生活垃圾和污水治理水平明显提升，基本实现干净整洁有序。公共设施提档升级，农村供水供电、交通道路、宽带网络和学校、医院等设施加快建设。

党组织领导下的自治、法治、德治相结合的乡村治理体系逐步健全，乡村治理效能不断提升。在党的政策的领导下，三河村村民生活质量得到飞速提高，汇聚了农村发展力量，激活乡村内生动力，使乡村走上可持续的自我发展道路。

产业强、村民富、新村美的梦想照进了现实，三河村成为凉山彝族人民生活巨变的范本，彝家新寨回荡着欢歌笑语。

【多福社区】
邻里关系多和谐，幸福家园『福』满街

【十年掠影】

多福社区进行改造之前，乱扔垃圾、四处张贴小招贴的现象屡见不鲜，社区改造之后，建造了"多福八景"等多处景观。十年来，没有社区人员刻意维护，也从没有粘贴广告、小招贴和损坏景观的现象。

多福社区贯彻与邻为善、以邻为伴的社区管理理念，经过两次全方位改造，路面、环境更加整洁，邻里交往互动互助，成为社区建设样板间，社区建设从"硬件"改善转向了"软件"提升，以党建引领、文化参与等多种形式，构筑了和谐、亲善的邻里关系。

多福社区以"福文化"为引领的各项活动就像一根线，社区下足了"绣花"功夫，穿针引线地把居民们凝聚在一起，彼此了解、沟通、互助，邻里之间和睦，社区就能更和谐。

"多福人人人福多，顺心事事事心顺。"

这是辽宁省沈阳市多福社区的一副对联，也是"多福人"丛龙江的真实感受。近年来，依靠个人努力和社会帮扶，丛龙江从一名生活拮据的下岗职工，变成了安享晚年的幸福老人，居住环境焕然一新，生活水平蒸蒸日上，街坊邻里亲如一家。

◎ 弱有所扶，关注下岗再就业人员

今年65岁的丛龙江原是沈阳市五金股份有限公司的一名员工。2005年，随着公司转制破产，丛龙江决定买断工龄。屋漏偏逢连夜雨，不久之后，在沈阳市金属门窗厂工作的妻子关青也失业了，再加上没找到合适工作的儿子和刚刚出生的孙女，丛龙江一家的生计瞬间没了着落，连缴纳社保的钱都要从姐姐那里借。

2013年8月30日，本

着对下岗再就业人员的关心，习近平总书记走进了丛龙江的家。彼时的他虽已在一家汽车物流配送企业实现了再就业，但每月工资只有2000多元；妻子为了照顾年迈生病的母亲，没有外出工作；儿子的汽车美容店正在装

修，前景未知。

习近平总书记强调，让老百姓过上好日子是我们一切工作的出发点和落脚点。老工业基地前些年下岗人员相对集中，党和政府要切实关心他们及其家庭，加强社区服务特别是针对老年人的服务，做好就业再就业工作，让在就业创业上需要帮助的群众都得到帮助、在生活上需要保障的群众都得到保障。

几年来，丛龙江一家刷了墙面，买了空调，换了沙发，添了汽车；夫妻二人不但能每月及时、足额领到退休金，金额还在不断上涨，日子越过越红火。

"社区没少帮咱忙！"丛龙江回忆说。沈河区各街道都有免费培训学校，社区办会根据居民的特长、需求和理想薪资等，组织他们到学校培训，培训内容包括面点、理发、焊工等。听说儿子丛明想自己创业，政府和社区不但为他提供免费技能培训，还帮助他申办了 8 万元小额无息贷款。

如今，随着营商环境和创业环境越来越好，丛明的生意也越来越火，不但两年内还清了贷款，每月还有上万元的纯利润。他的店铺已由 20 多平方米的小车库，扩大到了 100 多平方米的两层楼。

人之有德于我也，不可忘也。丛明介绍说，他汽车美容店里的员工，都是社区推荐的下岗工人，他们将在这里继续发光发热，共建美丽新中国。

◎ 实施惠民工程，改善社区环境

大家好，小家才会更好。这些年发生巨变的，除了丛龙江的小家，还有多福社区这个大家。

走进多福社区，道路平整，环境整洁，绿影婆娑，"福"元素随处可见。多福门、迎福墙、千福榜、祈福石、聚福亭、福田广场……每一处细节都透露出这是一个"抬头见福、伸手摸福、脚下踩福、心中有福"的幸福家园。

但不久以前，这里曾是一个杂草丛生、垃圾遍地、破烂不堪、无人看管的老旧小区，居民多为原三五乡菜农和失业职工，"多福"二字仿佛是一个笑话。

"过去的小区脏乱差，没法看，楼上楼下不说话，哪来的和气，还谈什么福""这以前是一片垃圾场。那时候，这儿到了夏天全都是苍蝇，还有一股呛人的臭味儿""插着电饭锅再开个电扇，直接就跳闸了"……社区改造前，老住户们的烦心事一件接着一件。

转折始于 2009 年，当地政府大力实施惠民工程，投入 800 多万元，立足地域特色和文化背景对社区进行全方位改造，拆除违建、清除垃圾、粉刷墙面，小区面貌焕然一新，居民幸福度骤然上升。之后，社区又拆除了院内小型燃煤锅炉，实现 24 小时热网统一供暖。

2019 年，多福社区再次秉持"民思我想、民需我为、民困我帮、民求我应"的宗旨，对 29 栋楼进行了规模空前的全面改造。对房顶进行防渗漏处理，补修外墙保温材料，重新铺设下水管、煤气管、自来水管，安装健身器材，让居民住得更舒心、暖心、放心。

其中，考虑到社区老年人口、低收入人口多，对医疗、食堂、日间照料的需求特别强烈，多福社区对原有的房屋、车棚重新设计改造，引进

社会资源，让优质项目沉到社区、服务群众，为居民提供普惠无偿、优价低偿的生活服务，实现民生供给与群众需求的精准对接。

看着周遭日新月异的变化，一股自豪感自丛龙江心田缓缓升起："这些年来，不光是我家的生活越过越好了，大伙儿的日子也都越来越红火，我们的国家也是一年更比一年强！"

◉ 丰富文娱活动，构建亲邻关系

"面子"改善了，"里子"也得跟上。习近平总书记 2013 年到多福社区看望居民时强调，社区建设光靠钱不行，要与邻为善、以邻为伴。

为了构筑和谐、亲善的邻里关系，多年来，多福社区支持居民组建舞蹈队、健身队、合唱队、器乐队、模特队、诗社等文体队伍，并定期邀请名家大师来社区开展讲学，进行艺术指导，丰富居民的精神生活，提高居民的整体素质。

现年 80 岁的郭东辉是多福诗社的创始人之一，正因为在多福这个地方真正感受到了"福气"，他开始用文学创作抒发对社区的爱意，宣传社区精神和好人好事，传递正能量。"诗刊就贴在我们小区里，写的都是眼前景、身边事、心中想，既有通俗易懂的白话诗，也有讲究韵律的古体诗。因为接地气，受到了居民的欢迎。"

每逢节假日，多福社区还会以"福文化"建设为引领，举办元宵灯会、"四季大集"等活动，吸引居民走出家门，增强他们的凝聚力和归属感。其中，场面最为壮观、也最让居民期盼的，莫过于中秋佳节的"多福百家宴"，每家每户做一道拿手好菜，桌子一直摆到社区大门口，大家其乐融融，好不惬意。

此外，从 2017 年起，在时任社区书记孟晓丹的带领下，多福社区工作人员转变工作模式，倾听百姓心声，努力建设共建、共享、共治的社区。社区无小事，枝叶总关情，只有当居民真正参与社区治理，为社区建设和发展出谋划策，社区才可能越办越好。

无论是在社区活动室里，还是在健身休闲广场的"议事角"里，"多福人"休闲娱乐之余，"有事儿大家说、过程大家议、事情大家办、好坏大家评"，真正实现了以"邻"的共识促进"邻"的共治。

身处如此和谐的社区氛围，切身体会到"远亲不如近邻"的内涵，丛龙江夫妇也想出一份力。他们主动参与社区绿化、保洁等工作，认种了一部分社区树木，时不时捐出家中的旧衣物，而且每当社区出现矛盾纠纷时，他们都热心参与调解，殷实、充实且快乐。

"社区建了个微信群，甭管大事小事，群里喊一声，邻里都来帮忙""我俩都加入了社区志愿服务队，成为社区的巡逻队员，还经常参加社区的保洁、绿化等工作，大家伙儿一起努力，咱小区的环境也越来越好。"

民生是最大的政治，民生改善没有终点，只有连续不断的新起点。带着对美好生活的向往，丛龙江将和多福小区一起再出发！

风起于青萍之末，浪成于微澜之间。在日复一日的岁月轮转中，百姓身边最普通的小小社区，已经在近十年间发生了治理巨变——更贴心的服务项目、更细致的服务效果、更清晰的治理思路、更精准的治理体系、更专业的治理队伍、更智慧的治理方式，带给每个人更踏实的幸福感。

"软弱涣散"炼成"坚强堡垒"，"老旧破小"变身"幸福之家"，"牢骚满腹"转为"交口称赞"，城乡社区面貌焕然一新。随着社会治理结构的转变，基层社会日益成为各种利益诉求交会点，社会治理重心不断向基层社区下移。

当今中国，社区正使"社会人"成为有所依托的"社区人"。社区虽小，却连着千家万户，能够最直接、最敏锐地感知居民对美好生活的向往。

作为社情民意的晴雨表，社区也是国家治理的基本单元和关键环节，如今社区治理成效日益突出，更多的民生红利渐次释放，更美的民生画卷徐徐铺展，亿万人民在共建共享的发展中拥有了更多获得感。

【王雅妮】
此生获得爱，一生奉献爱

【十年掠影】

十年来，适龄残疾儿童义务教育入学率超过 95%。2021 年，中国共有特殊教育在校生 92.0 万人，比 2012 年增加 54.1 万人，增长 142.8%。

2012 年，我国特殊教育学校共有 1853 所，2021 年，数量增长至 2288 所。2012 年我国特殊教育专任教师人数为 4.37 万，2021 年增加到 6.94 万。

2016 年，教育部发布了盲聋培智三类特教学校义务教育课程标准，开展了新课标的国家级培训，组织编审了新教材，对特教学校开展课堂教学提供了基本的遵循和依据。对随班就读工作做出了系统部署，大力推进融合教育。

2020 年，普通学校随班就读的残疾学生由 2013 年的 19.1 万名增加到 43.9 万名，随班就读的残疾学生占残疾学生总数持续保持在 50% 左右。

和谐社会离不开感恩之心，感恩之心离不开爱的滋养。党的十八大以来，在以习近平同志为核心的党中央的关爱下，中国千万孤残儿童挣脱束缚，自立自强，成就自我，奉献社会。

其中，来自内蒙古呼和浩特的聋哑女孩王雅妮，以爱为壤，茁壮成长；以爱为桨，乘风破浪；以爱为光，传播希望。她用自己的切身经历证明，中国梦是关乎每个中国人的梦，囊括了各个角落和所有人民。

◉ 特别的爱，让特殊儿童感受家的温暖

少年智则国智，少年富则国富，少年强则国强，少年进步则国进步。

少年儿童是国家的未来，民族的希望，让每一位少年儿童茁壮成长，是全党全社会的共同心愿，是实现中华民族伟大复兴的中国梦的必然要求。

2014年春节前夕，怀着对孤残儿童的格外关心和格外关注，习近平总书记不远万里，来到内蒙古自治区收养规模最大的儿童福利机构——呼和浩特市儿童福利院，为那里的孩子和教师送去节日祝福，并寄予殷切期待。

自1999年建院以来，呼和浩特市儿童福利院，以"一切为了孩子，为了孩子的一切"为服务宗旨，树立养育、治疗、教育、康复和安置"五位一体"的服务理念，积极营造家庭般的成长氛围，持续提升在院儿童的福利福祉，是每一个孤残儿童健康快乐成长的有力后盾。

正是在福利院这个大家庭里，虽然一出生就缺少父母的疼惜，虽然听不见微风拂动树叶、水滴亲吻泥土的声音，但14岁的王雅妮被爱包裹，

时刻感受着家的温暖。她乐观开朗，积极向上，学习刻苦，礼貌懂事，是一位人见人爱的阳光女孩。

"我叫雅妮，从小在福利院长大，感谢这里的一切。"面对习近平总书记的关心，王雅妮温柔大方，笑容可掬，用肢体语言表达自己的心声。她和其他孩子一起，同习近平总书记话学习、聊志向，翻看手语书籍和相册。

看到孩子们将命运的曲折谱写成歌，于残缺中美丽绽放，习近平总书记深感欣慰，热泪盈眶。他对福利院的工作人员致以崇高的敬意，鼓励王雅妮"好好学习，学业有成"，并跟着她弯了弯大拇指，用哑语表示"谢谢"。

每一个生命都是独特的存在，都应得到关心、关怀和关爱。习近平总书记动情地说："有一颗感恩的心很重要，对儿童特别是孤儿和残疾儿童，全社会都要有仁爱之心、关爱之情，共同努力使他们能够健康成长，感受到社会主义大家庭的温暖。"

过去八年，呼和浩特市儿童福利院牢记习近平总书记的殷殷叮嘱，进一步优化园区生活、学习、康复环境，并集合优势资源，重点打造小家庭养育模式。福利院现有单元式、模拟家庭、公寓式、小家庭、医护结合等养育模式，根据儿童年龄、身体残疾程度和生活自理能力，将他们精准妥善划分到不同养育区，确保每一个孩子都能在平等的爱的环境下健康成长，努力提升他们的安全感、幸福感、获得感。

联合国儿童基金会 2021 年的报告显示，据估计，全球有近 2.4 亿残障儿童，其中每 10 名残障儿童中就有一人有过权利被剥夺的经历，包括健康、教育、保护等衡量儿童福祉的指标。与普通儿童相比，残障儿童在实现他们的权利方面，面临多重且复杂的挑战。

中国作为人口大国，儿童数量众多，其中孤残儿童作为最脆弱、最困难、最需要关注和帮助的社会群体之一，他们的健康成长和全面发展，是检验一个社会文明进步的标尺，是全面建设现代化国家的必然要求。

党的十八大以来，党和政府不断完善儿童福利保障体系，全面落实各项保障服务政策；不断推进儿童福利机构优化提质和创新转型高质量发展，孤儿养育模式实现新中国成立以来的历史性跨越，残疾孤儿医疗康复水平显著提高；持续健全未成年人保护工作体系，加强示范引领，提升关爱保护和服务水平。

◎ 特殊教育，助力残障儿童追逐中国梦

美国人权斗士马丁·路德·金曾说，一个国家的繁荣，不在于其国库之殷实，不在于其城堡之坚固，也不在于其公共设施之华丽，而在于其公民的文明素养。强国先强教，强国必强教。在中国迈向教育强国的过程中，包括残障青少年儿童在内的特殊群体，一个都不能少。

2018年3月，带着习近平总书记的真切祝福，年满18周岁的王雅妮从呼和浩特市儿童福利院搬到了一墙之隔的社会福利院，开始为步入社会做准备。

感受到社会温暖的王雅妮，更加勇敢地迎接生活挑战，更加坚定地追求人生梦想。刚到社会福利院不久，她就向院长表明了自己的心愿——想去特殊教育学校当老师，把所学的知识传授给像她一样的孩子，让他们也能够拥有一技之长。

福利院里，像王雅妮这样的孩子不在少数，无论是谁，只要有工作的意愿和能力，福利院一定会最大限度地创造便利条件，帮助他们完成心愿、实现梦想。

"我想跟总书记说，我现在很幸福。我会继续努力学习，努力工作，为社会贡献自己的力量。"2017年9月，王雅妮如愿站上三尺讲台，成为一名美容美发课老师，像春雨润物细无声，潜入千千万万个"王雅妮"的心间，鼓励她们勇敢追梦。

王雅妮的故事是近年来中国残疾人教育事业不断发展的一个缩影。党的十八大以来，习近平总书记多次强调，建设教育强国，必须把教育事业放在优先位置，努力让每个孩子都能享有公平而有质量的教育。

教育公平是社会公平的基础，特殊教育发展水平是衡量社会文明进步的重要标志。努力创造条件让残疾孩子接受良好教育，是残疾孩子最急需、最迫切、最现实的生存发展需求，对于增强其自我发展能力、减轻家庭负担、促进社会和谐稳定，都具有重要意义。

从党的十七大"关心特殊教育"，到党的十八大"支持特殊教育"，再到党的十九大"办好特殊教育"，党和政府大幅提高特殊教育投入，扩大特殊教育资源。截至2021年底，中国共有2288所特殊教育学校，较2020年同比增长1.96%；招生人数达14.91万人，较2020年同比增长0.07%。

"十三五"期间，中国各类残疾儿童义务教育入学率超过95%，残疾人受教育水平显著提高。为进一步提高残疾儿童受教育权，《"十四五"特殊教育发展提升行动计划》明确提出，到2025年，全国适龄残疾儿童义务教育入学率要达到97%，非义务教育阶段残疾儿童青少年入学机会明显增加，教育质量全面提升，保障机制进一步完善。

中国梦是国家梦、民族梦和个人梦的统一。实现中华民族伟大复兴的中国梦，意味着生活在这个伟大国家和伟大时代的所有中国人，共同享有人生出彩的机会，共同享有梦想成真的机会，共同享有同祖国和时代一起成长进步的机会。

中国梦拨动着亿万中华儿女的心弦，需要每个中国人不忘初心、不懈奋斗。残疾儿童是社会大家庭的平等成员，在爱和感恩的浇灌下，必将成为追求和实现中国梦的一支重要力量！

在以习近平同志为核心的党中央领导下，我国残疾人事业交出一份温暖厚重的答卷——

这是愈加密实的保障之"网"：截至2021年底，残疾人两项补贴制度惠及2600多万困难和重度残疾人，1000多万残疾人入低保，残疾人参加城乡居民基本养老保险参保率超过90%、基本医疗保险参保率超过95%。

这是愈发完善的保护之"盾"：截至目前，90多部法律、50多部行政法规为残疾人穿上"法律铠甲"，各项残疾人权益保障制度体系正在形成。

这是日益宽广的逐梦之"路"："十三五"时期，全国有57477名残疾人被普通高等院校录取，新增180余万残疾人就业……心手相牵，共享阳光。

沐浴在政策的春风里，王雅妮得到了来自各方的关心和鼓励，能够毫无顾忌地追寻心中理想。正是因为收获了浓浓的爱与关心，她满怀希望以仁爱之心回报社会，以个人经历鼓励更多的残疾人勇敢追梦，大胆追逐光亮。

苔花如米小，也学牡丹开。特殊教育需要特殊的爱，全面开启现代化教育的新征程中，更是"一个都不能少"。在同一片蓝天下携手同行，期待特殊少年儿童拥有更多人生蜕变的精彩故事。

【十年掠影】

阿亚格曼干村由一个 2016 底前的贫困村变成了社会稳定、经济发展、民族团结、乡风文明的"明星村"。

村集体经济从无到有，增长到 100 余万元，年人均收入增长了 1 万余元，日子越过越红火。

阿亚格曼干村的变化，是新疆经济社会发展和民生改善的缩影。2012 年至 2021 年，新疆城镇居民年人均可支配收入由 17921 元增长至 37642 元，农村居民年人均可支配收入由 6394 元增长至 15575 元……一组组数字，见证了坚实的发展步伐。

"我当了 30 多年村干部，眼看着许多以前想干却没干成的事如今都变成了现实，真是感慨万千。现在这日子每天都是新的！"

老支书肉孜·麦麦提的这番由衷感叹，道出了新疆疏附县阿亚格曼干村所有村民的真实心声。年逾古稀的他经历过苦日子，也因此更加懂得当前幸福生活的来之不易，更能体会党的惠民政策的难能可贵。

"小孩上学有营养补贴，老人看病有医保，搞农业有良种补贴、农机补贴，保障性住房也有补贴，十个手指头都数不完……"老支书口中的一项项惠民政策，为民族地区奏响了富民强音，彰显出党和国家全面建设现代化国家，一个民族都不能少的坚定决心。

◉ 小庭院大经济，扫帚"扫"出新天地

阿亚格曼干村位于疏附县城东部，人口超过 5000 人，耕地面积却只

有4500多亩。过去，由于缺少致富渠道，大部分村民守着几亩薄田过日子，住着土坯房，走着沙土路，缺水少电，家徒四壁。

"访惠聚"驻村工作队在入户走访中发现，不少村民的庭院荒废闲置，利用率低。时任驻村工作队队长、村党总支第一书记申德英介绍说："阿亚格曼干村人均耕地不到1亩，但村民的庭院就整理出了六七百亩地，发展庭院经济大有可为。"

在征求完贫困户的意愿后，工作队和村"两委"采用"一户一设计"的方式，给181户贫困家庭每户补助5000元，用于发展庭院种植、养殖，帮助他们把"小庭院"打造成"聚宝盆"，在"小庭院"上做出"大文章"。

"别看我们这个院子不大，一年的收入有三四万元呢！"谈起家里近几年的变化，村民阿卜都克尤木·肉孜脸上笑容灿烂：过去脏乱不堪的环境变成了生活区、种植区、养殖区"三区"分离；牛、羊等家畜数量不断上升；西瓜、草莓、茄子等瓜果四季飘香；玫瑰、海棠、君子兰等花卉美艳动人。

为进一步提高村民收入和土地利用率，工作队和村"两委"又采用"企业＋合作社＋农户"的模式，引入企业建立花卉种植基地，生产玫瑰花茶、玫瑰精油等产品。当地农户不但可以入股分红，还能在花卉种植基地务工挣钱。

除了种植、养殖，阿亚格曼干村还有另一条致富门路——扎扫帚。

阿亚格曼干村有种植高粱的传统，扎扫帚是当地传承百余年的手艺。为将手艺转化成收益，2016年当地干部引导村民创办了瓦日斯手工艺品农民专业合作社（"瓦日斯"意为"传承"），重点发展这一产业。

只需十几分钟，村民阿娜尔古丽·斯迪克就手脚并用地做好了一条小扫帚。"我们在合作社做扫把，也可以在家里做扫把，一个扫把赚5块钱，我们家一年光做扫把就能赚7万块钱。现在我们的生活很幸福，我们

的心里甜蜜蜜。"

2021 年，阿亚格曼干村销售扫把 110 万把，产值突破 1000 万元，在直接带动数百人实现就地就近就业的同时，也推动了当地的高粱种植。昔日只能扫地、扫床的小小扫帚，摇身一变成了旅游纪念品、工艺品，"扫"出了一条致富路，"扫"出了一片新天地。

人人都就业、家家有钱挣、户户勤致富。阿亚格曼干村已于 2016 年底全部脱贫，全村人均年收入也从 2014 年的 2000 多元增加到 2020 年的 1.1 万元。随着菜篮子、花卉苗圃、农民手工艺品产销、红色旅游四大基地的建设，这里已形成集旅游、住宿、观光、休闲等为一体的产业格局，将带动更多人增收致富。

◉ 推倒土坯拆掉土炕，其乐融融奔幸福

漫步于阿亚格曼干村，宽阔洁净的街道上，汽车奔驰而过；一栋栋既具现代元素又具民族特色的民居中，电影院、早餐店、鲜花店等店铺镶嵌其间；来来往往的游客陶醉于这里的美丽与静谧，在村民的笑脸与吆喝声中享受时光的流淌。

走进麦麦提图尔荪·麦海提的安居房，沙发、衣柜、床等家具一应俱全；电视、冰箱、洗衣机等电器琳琅满目；抽水马桶取代了旱厕；清洁的自来水从管道流出……一切都是那么温馨明亮、干净舒适。

就在几年前，麦麦提图尔荪一家还挤在一间土房子里，地毯往地上一铺，吃饭睡觉全在上面，一点也不方便。搬进安居房后，他们吃饭有餐桌，孩子学习有书桌，睡觉则上床，生活习惯和生活质量与城里人相差无几。

这样的经历并不是个例。自党的十八大以来，随着各类帮扶政策的出现，阿亚格曼干村的交通条件、人居环境大幅改善，家家住上安居房，户户都用电采暖，天然气、小轿车已成为许多家庭的标配。土坯房、土围墙、土棚圈消失于历史的烟尘中，宜居宜游宜业的新时代美丽乡村正在形成。

"党的好政策不仅让我们发展起来了，还让我们减轻了生活压力。"村民佐日古丽·艾麦提眼含热泪地说，村里新建了幼儿园，她的小儿子正在那里接受高质量免费教育，每天都有三顿免费营养餐。之后，他又将进入一所现代化小学，在塑胶跑道和机器人的陪伴下茁壮成长。

肉孜·麦麦提表示，受益于县里实行的先诊疗后付费政策，以及医疗保险报销比例的提高，他的"四老"人员生活补贴和养老保险基本够用，万一生病住院也不怕，更不会一生病就着急卖牛。

习近平总书记 2014 年来阿亚格曼干村考察时指出："我来看你们，就是要验证党的惠民政策有没有深入人心、是否发挥了作用。凡是符合人民群众愿望的事，就是我们党奋斗的目标。我祝愿你们在党的政策扶持下生活得更加幸福。"

短短 8 年时间，一项项温暖人心的举措，一处处切合民意的改变，一张张幸福动人的笑脸……阿亚格曼干村用实际行动交出了一份堪称完美的答卷，习近平总书记的祝愿照进了现实。

对此，阿卜都克尤木·肉孜不禁感慨："变化太快了，天天住在村里都看不够；幸福太多了，跟人说总是说不完。"

◎ 转变思想观念，形成发展原动力

在村党总支第一书记、驻村工作队队长颜向东看来，阿亚格曼干村发生巨变的一个重要原因在于村民思想观念的变化——感恩意识化为了致富意识、奋斗意识。这种从"要我干"到"我要干"，从"要我脱贫"到"我要脱贫"的思想转变，为阿亚格曼干村的发展带来源源不断的动力。

赶上好时代，遇上好政策，只要肯吃苦，就一定会有事干、有钱挣、有盼头。尝到了甜头的阿亚格曼干村人对此深信不疑，他们个个精神抖擞，在忙碌且充实的生活中憧憬未来。"我希望学习更多的种植技术，承包更多的拱棚，让日子越过越好！""政策这么好，只要肯吃苦，不愁没出路！"

为满足村民日益增长的需求，2021 年 4 月，"访惠聚"工作队办起了夜校，报名人数远超预期。每晚 10 点到 12 点，从汉语教学到法律知识培训，从设施农业到现代畜牧养殖技能培训……工作队员帮助村民们提高就业技能，拓宽就业门路。

"培训一人，成功一户，带动一片，致富一方。"教室墙壁上的醒目标语，早已刻在阿依谢姆古丽·艾则孜的记忆深处。曾经，她只是一位没技能没收入的家庭主妇，文化水平不高，不愿出门与人交往。后来，她白天养花挣钱，晚上学习知识，眼界开阔了，观念改变了，自信心提升了。

阿依谢姆古丽成为村里旅游合作社法人。从完全看不懂听不懂，到会用汉字写自己的名字、会用汉语进行简单的日常交流，她期待着能和来自全国各地的游客顺畅交流，也期待着能去首都北京、去全国各地走一走、看一看。

更令人感动的是，阿亚格曼干村人还完成了从"我要致富"到"共同致富"的思想蜕变。

每年农忙时节，阿卜都克尤木·肉孜都会带着农具，前往周边困难户家中，免费给他们播种、犁地。而在小麦、玉米以及棉花种植等方面，其他村民又会对阿卜都克尤木一家进行指导，传授他们一些经验和方法。

老支书肉孜·麦麦提动情地说，正是有了这些合作，人口众多、民族众多的阿亚格曼干村，才会像石榴一样紧紧抱在一起。正是各民族互相帮助，群众的生活质量才会提高，幸福日子才会到来。

"我走过多少地方，最美的还是我们新疆。"伴随着悠扬的歌声，依托中央惠民政策，阿亚格曼干村人将继续团结一致、齐心协力，让共同繁荣发展的理念在新疆得以体现！

党的十八大以来，新疆始终坚持以人民为中心，坚持把发展落实到改善民生上、落实到惠及当地上、落实到增进团结上，持续推进就业、教育、医疗、社保等惠民工程，解决好各族群众的操心事、烦心事、揪心事。

2021年，新疆地区生产总值接近1.6万亿元，较2012年翻了一番；城乡居民人均可支配收入分别增长至37642元、15575元。铁路、公路、民航等发展基础不断夯实，油气、煤炭等特色优势产业加快发展；丝绸之路经济带核心区建设扎实推进，新疆从相对封闭的内陆变成对外开放的前沿。

教育、医疗、社保、安居等民生工程全面推进，攻坚克难、尽锐出战，在全面建成小康社会前，如期打赢脱贫攻坚战，306.49万农村贫困人口全部脱贫，35个贫困县全部摘帽，3666个贫困村全部退出。新疆各族人民与全国人民一道迈进了全面小康社会。

当前的新疆，社会大局稳定、人民安居乐业，天山南北处处呈现一派安定祥和、蓬勃发展的新气象。

【玛吉格】草原深处喜事多，民族团结一家亲

【十年掠影】

通过国家惠牧项目，玛吉格老人牧区的家里新建了 220 平方米暖棚、150 平方米储草棚和 180 平方米羊圈，牧户只承担了 30% 的建设资金。

在电力建设中，锡林郭勒盟不仅把电力送进了生活在草原上的基层群众家，更是建成了世界首个交直流混联、风火打捆特高压系统工程，在能源经济领域实现重大跨越，让来自锡林郭勒的清洁电力造福全国更多的各族人民。

锡林郭勒草原基本形成了"三纵四横"的干线路网，结束了旗县市区没有高等级公路的历史，同时，一条条水泥路修到了蒙古包门前，草原牧人家的出行便利了，随之畜牧业抗灾能力也大幅加强。

2020 年启动的太子城至锡林浩特铁路项目，让草原牧民实现坐着火车进北京的梦想。

"中国梦最根本的是实现中国人民的美好生活。""国家富强，民族复兴，最终要体现在千千万万个家庭都幸福美满上，体现在亿万人民生活不断改善上。千家万户都好，国家才能好，民族才能好。"

对于习近平总书记的庄严承诺，草原女儿玛吉格深有体会。几年前，这位耄耋老人在和总书记的交谈中提到了两点需求。自此，她的生活和她的家乡，都发生了翻天覆地的变化。

◉ 策马扬鞭，草原儿女追梦人

1933 年，玛吉格出生于浑善达克草原上一个普通家庭，和父母及姐妹五人相依为命，一年四季逐水草而居，虽不富裕，但基本能实现自给自足。

12 岁那年，锡林郭勒草原的解放和父亲的因病辞世，让玛吉格切身体会到个人际遇和时代变迁息息相关，懂得了"只有国家平安，人民才能幸福安康"的道理。

萌生家国一体的情怀，玛吉格积极参加牧民扫盲班。她在羊背上阅读，在沙地上写字，终成为草原上为数不多的"文化人"。她从报纸杂志上进一步了解时代变化、国家发展，也渐渐形成了自己的"中国梦"——追求美好生活，成为一名对党和国家有用的人！

"伟大梦想不是等得来、喊得来的，而是拼出来、干出来的。"

从最初的苏木、嘎查等组织，到后来的团支部、青年组织、妇女组织，玛吉格都踊跃参加。立志为民服务的她以梦为马，不负韶华，带领草原儿女策马扬鞭，发奋图强，以实际行动报答党的恩泽。

"那个时候，领导号召我们年轻人要有上进心，要对时代的发展做出贡献。现在想来，当时的我们特别单纯，没有私心杂念，需要我们做什么，就力所能及地往前冲，年轻真好啊。"玛吉格的这股冲劲从没消退过，70多岁仍在牧区从事生产工作，全心全意，不遗余力。

不过，受"看天吃饭"等因素的影响，农牧民们起早贪黑，任劳任怨，也可能一年到头收获无几，难逃一贫如洗的命运。玛吉格老人回忆说，最苦的时候，一顶破烂的蒙古包，一辆破旧的勒勒车，和一条听话的看门狗，就是她家的全部财产。

一个人或许很难逆天改命，但一个伟大的时代可以。

1978年，随着改革开放的大幕徐徐拉开，玛吉格一家的命运也被时代重新书写："草畜双承包制"开始实施，各种补贴源源不断，油路通到了家门口，标准化暖棚拔地而起，养老看病不用愁，小孩的学费也免了……

光阴荏苒，岁月如梭。当习近平总书记冒着严寒来到内蒙古考察时，玛吉格老人用自己的生活经历，直观展现出改革开放以来的发展变化，生动诠释了欣欣向荣的含义。

◉ 新春到访，家常话里系民生

2014年1月27日，离农历新年还有3天，习近平总书记带着对内蒙古各族人民的深切关怀和牵挂，踏着皑皑白雪，来到了锡林郭勒盟巴彦淖尔嘎查，走进了玛吉格的蒙古包。

"小孩上学远不远？""看病、购物方便不方便？""家里养了多

少只羊、多少匹马？""收入怎么样？"总书记面带微笑，和蔼可亲，像一位多年未见的老朋友，同玛吉格和其他牧民促膝长谈、共话家常。

几句简单的问候，让玛吉格真切感受到党中央对于边疆少数民族群众的重视。她同总书记分享自己珍藏已久的各种荣誉证书，将过往岁月连同累积起来的感激之情，倾泻而出。

看到在党和国家的关心下，牧区人民能用勤劳的双手创造美好生活，习近平总书记甚感欣慰，但他同时也知道，实现中华民族伟大复兴的中国梦，创造全体人民更加美好的生活，任重而道远，一刻也不能放松。

"您还有什么愿望和要求？"习近平总书记关切地问道。

沉浸在日子越过越红火的喜

悦，以及对党和政府的感激当中，玛吉格一时不知如何作答。她虽年事已高，但身体健康，精神矍铄；有羊 600 多只、牛 30 多头，生活富裕，家庭年收入高达 20 多万；儿孙满堂，其乐融融，是牧区里人人羡慕的对象。

然而，先人忧之忧，玛吉格立刻想起，寒冬腊月时节，锡林郭勒草原冰天雪地，银装素裹，从牧区去城里需要花上三四个小时。无论是牧民们进城买东西、拉饲草料，还是老人孩子生病去医院，都非常困难。

出于一名共产党人的使命感和责任感，玛吉格抓住机会为其他牧民进言。她告诉总书记："我家里倒没什么要求，什么都有了。就是牧区居住分散，有的牧户没有通网电，以及牧区道路通行还有些困难。"

善为国者，遇民如父母之爱子，兄之爱弟，闻其饥寒为之哀，见其劳苦为之悲。习近平总书记叮嘱当地党委和政府将人民放在心中最高位置，全力为群众排忧解难，用实际行动让广大牧民过上越来越幸福的生活。

"只要还有一家一户乃至一个人没有解决基本生活问题，我们就不能安之若素；只要群众对幸福生活的憧憬还没有变成现实，我们就要毫不懈怠团结带领群众一起奋斗。"

在习近平总书记的谆谆嘱托下，内蒙古自治区党委政府撸起袖子加油干，不忘初心，砥砺前行，为"建设亮丽内蒙古，共圆伟大中国梦"奋力拼搏。

◉ 通电修路，幸福生活节节高

"现在嘎查通了常电，路也修成了水泥路，直到家门口，打开水龙头就有干净的自来水哗哗地流出来。我现在每个月还有 600 多元的养老金呢！"

2016 年 9 月，按照"集中居住、养老育幼、政府扶持、多元运作"的牧区养老模式，玛吉格和老伴搬进了锡林浩特市爱祺乐牧民养老园区，过上了"不用拉煤烧火就能暖烘烘"的日子。园区内各项基础设施一应俱全，各种家具家电应有尽有，还免费提供洗澡、理发等服务。

而夏天一到，锡林郭勒空气清新，气候宜人，玛吉格又会沿着平坦的大道，回到牧区的家里。在那里，她既能享受到和城里相差无几的生活条件，又能继续欣赏人与自然的和谐之美：绿"波"荡漾，暗香浮动，牛羊相互追逐，牧人举鞭高歌，白色风电叶片不知疲倦地转动着……

最让玛吉格高兴的是，她家的变化，只是内蒙古广大农牧民生活改善的一个缩影。

民之所望，政之所向。内蒙古政府当年一听到玛吉格老人的反映，立刻实施了牧区通电质量提升工程，为其所在嘎查的 39 户牧民成功通了网电，并新修水泥路 13 公里。

如今，锡林郭勒盟不仅把电力送至草原上的寻常百姓家，还建成了世界首个交直流混联、风火打捆特高压系统工程，用清洁电力造福全国各族人民。

在道路建设方面，"三纵四横"的干线路网贯穿锡林郭勒草原，极大地方便了牧民出行，助力牧民在致富路、幸福路上大步向前。而且，随着太子城至锡林浩特铁路项目的开通，一代又一代草原儿女的梦想终于照进现实，只需半天就能到达北京，一览首都风采。

民生无小事，枝叶总关情。除了交通和电力设施，内蒙古政府继续发扬"蒙古马精神"，吃苦耐劳、一往无前，通过"十个全覆盖"工程等重点工作，解决农牧民就医难、吃水难等问题，帮助农牧民在家门口实现就业创业，让他们住有所居、劳有所得、学有所教、病有所医、老有所依……

更难能可贵的是，生活水平蒸蒸日上的草原儿女时刻铭记，绿水青山就是金山银山，绿色永远是内蒙古的底色。"牧草银行"的建立、生态旅游资源的深度开发等，既将这片热土完好地留给后人，也将这片风光推向了世界。

"感谢习近平总书记，感谢党的好政策，让我们搬进了砖瓦房，我和老伴还有养老金、高龄补贴，看病能报销……这日子过得真比蜜还甜。"

看着四周焕然一新的生活，望着墙上和总书记的合影，玛吉格老人热泪盈眶，感慨万千。在过去几年的巨大变迁中，她年轻时的感悟在实践中得到升华，愈加明白"国家好、民族好，大家才能好"的道理。

老百姓"钱袋子"更鼓了，群众获得感更强了。十年来，内蒙古累计新增城镇就业 258.7 万人。居民收入增幅始终高于经济增幅，城镇居民收入增长了 1.9 倍，农牧民收入增长了 2.4 倍，群众的收入高了，底气足了，日子更有奔头了。

这十年，民族地区城镇居民人均可支配收入年均增长 7.7%，农村居民人均可支配收入年均增长 10.2%。通过不懈奋斗，无数人命运因此而改变、无数人梦想因此而实现、无数人幸福因此而成就。

　　玛吉格老人生活的变化代表了广大民族地区人民生活发生的变化。在党的政策的引领下，地区经济发展融合民族团结进步，既促进了经济发展、产业升级，又改善了民生，日子越过越有盼头，生活越来越美好，民族团结一家亲。

【四季青敬老院】

养老政策暖人心，
夕阳之花仍灿烂

【十年掠影】

2011 年，荣获首个"国家级养老服务标准化示范院"称号；2015 年获评北京市五星级敬老院；2020 年通过五星级机构复审，并成功实现管理与品牌输出。

园区规模扩大，床位增加到 700 余张；院内绿化不断提升，双花园的景观营造让老年人身心舒畅；老年人房间重装，居住环境、设施持续改善，让老年人住得更安心。

"管理有标准，岗位有职责，操作有流程，过程有监督，工作有评价，事后有考核"，四季青敬老院迈上质量提升、科学发展的新阶段。

夕阳无限好，人间重晚晴。

尊老敬老爱老，既是中华民族的传统美德，也是家风建设的源头根本，更是社会文明的重要体现。如何做好养老服务，让每一位老人都能老有所养、老有所依、老有所乐、老有所安，始终让以习近平同志为核心的党中央朝斯夕斯，念兹在兹。

2013年12月28日，习近平总书记驱车来到位于西山脚下、永定河畔的北京海淀区四季青敬老院。他仔细察看了敬老院的房间、餐厅、健身房、医务室，同老人们亲切交谈，关切地询问他们的身体状况、家庭情况和在敬老院的生活情况；看老人们作画、手工制作、排练合唱，鼓励他们活到老，学到老。

习近平总书记强调，我国老年人口增加很快，老年服务产业发展还比较滞后。要完善制度、改进工作，推动养老事业多元化、多样化发展。他要求养老服务机构加强管理，增强安全意识，提高服务质量，让每一位老人都能生活得安心、静心、舒心，都能健康长寿、安享幸福晚年。

莫道桑榆晚，为霞尚满天。四季青敬老院牢记总书记的温暖关怀和殷切叮嘱，以再接再厉、继续奋斗的昂扬姿态，努力成为更多老年人的幸福家园，让夕阳之花灿烂依然，让生命之树四季常青。

◉ "一切为老人着想，一切为老人服务"

凉亭、花架、鱼池、走廊相映成趣，电视、电话、冰箱、宽带一应俱全，绿树成荫，鸟语花香，有人闲庭信步，有人轻声交谈……一走进四季青

敬老院的大门，你就能切身感受到"亲情养老、科学养老、文化养老、环境养老"办园理念的内涵。

2013年12月，习近平总书记带着对全中国2亿多老人的牵挂，来到了这片"世外桃源"。他详细地询问了敬老院的建院时间、建院目的，有多少五保户和孤老，并叮嘱时任院长刘中丽要给予这些老人更多的关心和更好的照顾。

耄耋之年的五保户刘岐身患多种疾病，生活不能自理。在他混沌不清的老年记忆里，与习近平总书记的见面却清晰如昨。他回忆说："主席就坐在我的床头柜旁边，问我生活好不好。我说，好啊，如果不来（敬老院），我早死了，在这里（生活）没得挑。"

另一位老人张俊秋告诉习近平总书记，院内的伙食很不错，每餐六菜一汤。若是在家里，患有冠心病的她做完饭就得躺着，根本吃不下，搬到敬老院后，她不但不用做饭，连买菜洗菜的活儿都省了，算是彻底"解放"了。

自1958年建立以来，"一切为老人着想，一切为老人服务"的办院宗旨，既刻在了四季青敬老院的墙上，更刻在了每一位护理人员的心头。习近平总书记的鼓励，再度为他们注入了源源不断的动力。

作为全国模范敬老院，四季青敬老院在地方标准基础上进一步细化，因地制宜地制定本院"院标"，将涵盖老人生活起居的每一项服务标准化、细致化，追求至真、至善、至美的老人关爱。

以为老人洗脸为例，水温须在38至40摄氏度左右，毛巾的不同部位擦拭身体的不同位置。眼角、额头、鼻尖、鼻翼两侧、脸颊、下巴……每个位置都有固定的擦洗方向，且需要反复擦洗两遍，才算完成操作。

养老服务是一份技术活，也是一份良心活，需要执着专注、精益求精、一丝不苟、追求卓越的工匠精神。严苛的"院标"看起来有些烦琐，但实际作用却很大，其中的噎食预案，更是将好几位噎食的老人，从鬼门关抢救了回来。

与此同时，敬老院还在医养结合上下足功夫，为入住老人的健康晚年生活提供有力保障。2014年起，在原有医务室基础上，敬老院建立动态电子健康档案，改进膳食服务，充实医疗专家队伍，并与北京大学航天中心医院合作共建国家医养结合示范养老院，开通了急诊绿色通道，建立专家定期义诊、巡诊、坐诊服务机制，并逐步同医院信息系统实现终端对接。

"看病特方便，院医务室纳入医保系统，老伴有糖尿病，我每年都要发一次烧，查血糖、输液都能在自己屋里解决。""头疼脑热医务室就看了，去医院还可以走绿色通道，真是方便多了。"措施一出台，老人们好评如潮。

四季青敬老院的发展，正是中国积极应对人口老龄化的生动缩影。根据《"十四五"国家老龄事业发展和养老服务体系规划》，"十三五"期间，全国各类养老服务机构和设施从 11.6 万个增加到 32.9 万个，床位数从 672.7 万张增加到 821 万张，其中，2020 年全国两证齐全的医养结合机构达到 5857 家，床位数达到 158 万张。

老有所养、老有所依，是"家事"，更是习近平总书记关心的民生大事。"提高养老院服务质量，关系 2 亿多老年人口特别是 4000 多万失能半失能老年人的晚年幸福，也关系他们子女工作生活，是涉及人民生活质量的大事。"

◉ "最美不过夕阳红，温馨又从容"

没有了上学时期的紧张和忙碌，没有了工作时期的负担和劳累，老年人拥有充分的、可自由支配的时间，但与此同时，当生活突然失去重心，

整日无事可做，老年人往往或多或少会感到孤独、失落和寂寞。

年近80岁的刘进文也曾有过这样的困惑。刚搬到四季青敬老院时，她心灰意懒地觉得，等待她的将是一种等吃、等睡、等死的"三等"生活。她把穿过的裙子、用过的首饰等一并处理掉，"以为没什么用了，就是等死"。

然而，敬老院里多姿多彩的生活，很快改变了刘进文的看法。穿梭于合唱队和舞蹈队之间，还能时不时欣赏到外来单位的演出，她挣脱了年龄的束缚，重拾对生活的热爱与激情，颇有"无限风光在老年"之势。

  2013 年习近平总书记到来时，兴致勃勃地欣赏了老人们的表演，并鼓励他们保持心情欢畅，优雅地度过晚年。习近平总书记指出，活到老，学到老，应该是每个人健康向上的追求。健康的心态，健康的身体，都需要不断学习。

  听君一席话，胜读十年书。刘进文开始意识到，老年人更应该美起来，要从穿衣打扮上给自己提气，也给周围的人带来正能量。两年过后，她和敬老院里的另外两位老人一起干了一件大事——组建一支模特队！这些老年模特们，不是年轻人，却比年轻人更有活力和魅力，给自己也给别人带来欢乐。

一谈起模特队，刘进文满脸笑意："在敬老院的西大厅，模特队每周练习一次，一次练一上午，一个半小时左右。每次练习都跟正式演出一样，化上妆，穿上自认为最美的衣服。大家高高兴兴的，谁走得不好提出来，谁也不生气，就觉得走得更好比走得差强，大家也都盼着模特队的活动。"

四季青敬老院对此十分支持，除了为老人们提供训练场地，还力所能及地为他们置办服饰，创造展示机会。2019年重阳节期间，模特队中的部分成员走出院子，走进中央电视台，将老年人的自信与活力诠释得淋漓尽致。

此外，敬老院还建立了银龄书院，并为千岁合唱团、舞蹈队聘请了专业教练，努力满足入住老人的不同兴趣爱好，营造一种"百花齐放、百鸟争鸣"的美好局面。

国家统计局发布的数据显示，2021年我国60岁及以上的人口超2.67亿，预计2025年前这一数字将突破3亿。面对百年未有之大变局，能否处理好"老年人口规模大，老龄化速度快"的问题，是影响中国经济社会发展、影响21世纪大国竞争的关键因素之一。

习近平总书记多次强调，"要积极看待老龄社会，积极看待老年人和老年生活，老年是人的生命的重要阶段，是仍然可以有作为、有进步、有快乐的重要人生阶段"，"要为老年人发挥作用创造条件，引导老年人保持老骥伏枥、老当益壮的健康心态和进取精神，发挥正能量，作出新贡献"。

莫道时光太匆匆，晚年亦可登高峰。在历史新征程中，四季青敬老院将始终秉持"人民至上、生命至上"理念，为应对滚滚而来的"银发浪潮"贡献"中国方案"，更好地满足中国老年人对美好生活的新期待！

截至 2021 年 5 月底，基本养老保险覆盖超 10 亿人；退休人员养老金实现"17 连涨"，2021 年养老金上调幅度为 4.5%；在做优做大做强国有经济的同时，2019 年全面推开划转部分国有资本充实社保基金工作，使得基本养老保险制度进一步实现代际公平和成果共享；所有省份均建立了 80 周岁以上高龄老年人津贴制度，出台老年人社会优待政策，老年人福利补贴制度基本建立。

后记

十年，对于个人来说，是一段漫长岁月。

过去的十年，你可能走出学校，来到陌生大城市，开始苦乐兼有的人生新篇章；你可能砸掉"铁饭碗"，大胆创业，走出属于自己的崭新之路；你也可能坚守本职工作，日复一日，年复一年，耐得住那份寂寞和淡然……

十年，对于我们的国家来说，却是沧海一粟。

我们的国家依然年轻，充满活力。在党中央的领导下，中国正以日新月异的发展速度，创造着一个又一个奇迹。过去的十年，中国成就斐然，在未来许许多多的十年，更大的辉煌正等着中国人去创造。

感谢湖南人民出版社的邀请，《亚太日报》编辑部承担了《十年：我们的故事》一书的撰写工作。作为一个以"全球视野，传播中国"为理念，以报道国际新闻为主体业务，以讲好中国故事、传播中国形象为己任的多媒体平台，我们深知，中国所处的国际舆论环境是多么的复杂和险要，展现一个更加真实、立体、全面中国是何等任重道远。

我们希望，通过《十年：我们的故事》一书，用一个个有血有肉的人物故事，一个个鲜活可信的案例事实，来展现十四亿多中国人的幸福与活力。我们要让世界看到，中国人不忘初心、脚踏实地，努力将"不会遗忘任何一个角落、任何一个人"的"中国梦"变为现实。

只要方向明确，就不怕路途遥远；既然选择了远方，便只顾风雨兼程。

在《十年：我们的故事》一书的创作过程中，我们感谢湖南人民出版社领导和老师的殷切指导和帮助，感谢《亚太日报》董事长金文胜先生、社长俱孟军先生，以及朱成虎将军、成锡忠老师的关怀与支持，我们还要感谢《亚太日报》编辑韩涛、杨雅涵等同事的合作与陪伴……

我们有理由相信，在中国共产党的带领下，在下一个十年、二十年、三十年……中国人民的生活将会更加美好，中国将会以更加自信的姿态，屹立世界民族之林。

《亚太日报》创作组

2022 年 9 月 25 日

图书在版编目（CIP）数据

十年：我们的故事 / 刘莉莉等编著. —长沙：湖南人民出版社，2022.10

ISBN 978-7-5561-3007-8

Ⅰ. ①十… Ⅱ. ①刘… Ⅲ. ①故事—作品集—中国—当代 Ⅳ. ①I247.81

中国版本图书馆CIP数据核字（2022）第120075号

十年：我们的故事

SHINIAN：WOMEN DE GUSHI

编 著 者：刘莉莉　钟　倩　等

出版统筹：黎晓慧　陈　实

产品经理：曾汇雯

责任编辑：傅钦伟

责任校对：陈卫平　丁　雯

装帧设计：陶迎紫

出版发行：湖南人民出版社［http://www.hnppp.com］

地　　址：长沙市营盘东路3号　　邮　　编：410005　　电　　话：0731-82683313

印　　刷：湖南天闻新华印务有限公司

版　　次：2022年10月第1版　　　　　　　　印　　次：2022年10月第1次印刷

开　　本：787 mm × 1092 mm　　1/16　　　印　　张：18

字　　数：190千字

书　　号：ISBN 978-7-5561-3007-8

定　　价：88.00元

营销电话：0731-82683348（如发现印装质量问题请与出版社调换）